장애인이 더 많은 세상이라면

라면 교양

"만약 ~라면"이라는 가정 아래 세상을 거꾸로 바라보고 서로의 입장을 뒤집어 생각함으로써 우리 사회 여러 문제점들의 원인과 실태 그리고 올바른 해결방향을 찾고자 하는 뜨인돌의 청소년 교양 시리즈입니다.

장애인이 더 많은 세상이라면

초판 1쇄 펴냄 2023년 10월 20일
3쇄 펴냄 2024년 5월 17일

지은이 박윤영 채준우

펴낸이 고영은 박미숙
펴낸곳 뜨인돌출판(주) | 출판등록 1994.10.11.(제406-251002011000185호)
주소 10881 경기도 파주시 회동길 337-9
홈페이지 www.ddstone.com | 블로그 blog.naver.com/ddstone1994
페이스북 www.facebook.com/ddstone1994 | 인스타그램 @ddstone_books
대표전화 02-337-5252 | 팩스 031-947-5868

ISBN 978-89-5807-977-4   03810

장애인이 더 많은 세상이라면

박윤영 그리고 채준우

뜨인돌

2001년, 오이도역

덜컹!

리프트가 크게 흔들렸다. 휠체어에 타고 있던 그녀는 반사적으로 남편의 손을 꽉 붙잡았다. 무슨 일인지 살필 경황도 없이 바닥이 무너졌고, 두 사람은 굉음에 휩싸인 채 아래로 추락하고 있었다.

아주 잠깐 남편의 얼굴을 보았다. 그것이 생의 마지막 순간이 될 줄은 몰랐다.

2001년 1월 22일, 4호선 오이도역이었다.

2022년, 혜화역

"진짜 너무하네! 이렇게 해서 당신들이 시민들의 마음을 얻을 수 있겠어?"

"시민 여러분, 저희는 21년째 외치고 있습니다. 장애인 비장애인이 모두 함께 대중교통을 안전하고 편리하게 이용하자는 겁니다."

"근데 왜 하필 여기 나와서 그래?"

"저희는 오늘로 19일째…."

"아니, 19일이고 20일이고 이 미친놈들아!"

전국장애인차별철폐연대 회원들이 휠체어를 타고 지하철에 오르자 사방에서 짜증과 한숨, 고성이 오갔다. 지하철은 운행이 늦어졌고, 출근 시간에 쫓긴 사람들은 불편한 속마음을 숨기지 않았다.

2022년 2월 21일 오전 8시, 4호선 혜화역이었다.

첫 데이트!
설렘에도 준비가 필요해

(윤영)

칠흑 같은 어둠 속에서 파도가 우당탕 소리를 내며 부서졌다. 뺨을 때리는 것이 비바람인지 내 머리칼인지 모를 만큼 사나운 날씨였다. 역시 우리는 로맨틱과는 거리가 먼 사이였어… 슬며시 낙심하는 순간, 그가 바다를 가까이 볼 수 있게 해주겠다며 나를 안아 올렸다. 그에게 안기자 멀고 멀었던 바다가 성큼 가까워졌다. 그는 왈츠를 추듯 빙그르르 돌더니 말했다.

"나, 누나가 좋아."

"뿌하하하! 잠깐, 그거 고백이야?"

"응."

떨리는 목소리, 수줍게 웃는 두 눈. 그의 모든 것이 귀엽다고 느낀 순간 내 심장은 터질 것 같았다. 그런데도 어쩐지 웃음만은 참을 수가 없어서 "풋! 그럼 오늘부터 1일?"이라며 그의 진지한 고백에 얼렁뚱땅 대답해버렸다.

그로부터 채 24시간도 지나지 않았는데 우린 또 만나기로 했다. 어제까지 엄청 신경 쓰였던 사람이 오늘부터 애인이 되었으니, 어제와는 명백히 다른 만남이었다. 그와 나의 첫 데이트! 허투루 나갈 수가 없었다.

아침 식사 따위를 챙길 정신은 없었다. 7시부터 일어나 샤워하고, 옷장을 뒤집어 제일 예쁜 옷을 찾고, 화장대에는 기초부터 메이크업 픽서까지 온갖 화장품들을 일렬로 세웠다. 마음이 바빴다. 약속은 11시 시청역. 늦어도 9시 40분에는 출발해야 했다. 지하철로 26분이면 갈 수 있는 거리였지만 엘리베이터를 기다리는 시간, 엘리베이터가 고장 났을 때 우회해야 할 경우까지 계산해서 나온 정확한 시간이었다.

덕분에 약속 장소에 늦지 않게 도착했다. 지하철 출구를 나서자 저 멀리서 준우가 손을 흔들었다. 나를 보고 얼마나 반가웠는지 두 눈이 마치 갈매기 날아가는 모양이 되어 있었다. 나도 모르게 방긋 입꼬리가 올라갔다. 우린 자연스럽게 손을 잡고 덕수궁 돌담길을 따라 미술관으로 향했다.

주말 미술관은 무척 붐볐다. 관람 행렬은 작품을 따라 일렬로 나아가는 듯했지만 얼마 못 가서 한 작품에 더 머물고 싶은 사람, 다음 작품으로 건너뛰고 싶은 사람들이 서로 뒤엉켰다. 그때마다 나는 뒷걸음치는 관람객의 발이 휠체어 바퀴에 밟힐까봐 촉각을 곤두세워야 했다. 그렇게 뒤로 또 뒤로 자꾸 물러나다 보니 어느새 전시 작품 대신 사람들의 엉덩이만 쳐다보게 되었다. 그런 상황이 당혹스럽기도 하고 우습기도 해서 준우를 바라보고 피식 웃었다. 그래도 함께하는 첫 데이트가 너무 좋아서 관람을 포기하지는 않았다.

우린 주로 인기 없는 작품 앞에서 오래 머물렀지만, 제멋대로인 해설을 덧붙여가며 나름의 방식으로 즐거움을 찾아갔다. 시간이 얼마나 흘렀을까, 느닷없이 꼬르륵 소리가 났다. 그것도 너무 크게. 준우가 들었으면 어떡하지? 민망해서 그의 눈치를 살폈다. 다행히 그는 작품 감상에만 집중하고 있었다. 하지만 이제는 정말 말을 해야 할 것 같다. 나, 배가 너무 고프다고. 이른 아침부터 늦은 점심이 된 지금까지 물 한 모금도 먹지 못했다는 걸 그제야 깨달았다.

사실은 어젯밤 잠을 잘 자지 못했다. 첫 데이트를 앞두고 긴장한 탓도 있지만, 아무런 준비도 없이 나갈 수가 없어서였다. 여긴 어떻고 저긴 어떻고 아는 척하며 약간의 허세를 부려서라도 멋있어 보이고 싶었다.

시청역 맛집과 카페를 검색하니 수많은 곳들이 나왔다. 하나하나 다 봤다. 날씨도 쌀쌀한데 따뜻한 쌀국수는 어떨까? 파스타가 더 무난하고 분위기 잡는 데도 좋을까? 여기 와플 가게는 맛있어 보이는데 밖에서만 먹어야 하는구나. 카페는 어디가 좋을까? 넓은 창으로 바깥 풍경을 구경할 수 있는 곳이면 좋겠다…. 밤은 깊어갔지만 좀처럼 휴대폰을 놓을 수 없었다. 결국 아침에 늦잠을 잤고, 밥 먹을 새도 없이 부랴부랴 집을 나서야 했다.

어제의 준비 덕분일까. 배는 고팠어도 자신감은 넘쳤다. 나는 밤새 찾아본 맛집들을 떠올리며 윤영을 안내했다. 하지만 웬걸, 내가 알아본 식당 중에는 함께 갈 수 있는 곳이 없었다. 말 그대로 들어갈 수 있는 곳이 단 한 곳도 없었다. 쌀국숫집은 문 앞에 계단이 세 개나 있었다. 중국집엔 문턱이 있었는데 나는 눈 감고도 오를 수 있었지만 윤영에게는 너무 높았다. 파스타집은 엘리베이터가 없는 2층 건물에 있었고 어떤 식당은 좌식이어서, 또 어떤 식당은 입구가 너무 좁아서 발길을 돌려야 했다. 남들 다 갈 수 있는 식당을 두고 우리는 왜 이렇게 헤매고 있을까. 길에 널린 게 식당인데 믿을 수가 없었다. 차라리 미술관의 카페에서 빵을 먹는 게 더 나았을지도 모르겠다.

윤영은 다 괜찮다고 했다. 하지만 나는 같이 갈 수 있는 식당을 찾지 못한 것이 못내 미안했다. 우린 어색하게 웃었고, 일단은 배고픔을 해결해야 했다. 그렇게 두 눈 부릅뜨고 30분을 헤매다 결국 길거리 포차에서 떡볶이를 먹었다. 첫 데이트 점심이 노점의 떡볶이라니…. 좀 더 멋진 식사를 하고 싶었는데 계획이 다 틀어져버렸다. 그다음은 예쁜 카페에 가기로 했는데 과연 그곳은 괜찮을까?

새벽 2시,
우리는 집에 갈 수 있을까?

준우

첫 데이트는 아쉬움이 남았지만 다음 데이트는 더 재밌고 알차게 보내기로 마음먹었다. 처음은 다 그럴 수 있다. 처음이라 서툴렀을 뿐이다. 비록 길거리 떡볶이와 순대뿐인 점심이었지만 그것마저 우리의 추억이 되었다. 새로운 규칙도 세웠다. 이제는 만나면 무조건 밥부터 먹기로 했다. 알고 보니 윤영과 나는 배고픔에 유독 취약한 사람들이었고, 식당을 찾는 데 남들보다 서너 배의 시간이 걸린다는 사실도 알았기 때문이다. 그렇게 서로의 취향과 우리만의 데이트 방식을 알아갔다.

그러던 어느 날 윤영이 말했다. "우리 다음 주에 시상식

보러 가지 않을래?"

자기에게 연말 가요 시상식 티켓이 생겼다고 했다. 두 장을 받았는데 나와 함께 가고 싶다는 것이었다. 경기도 어디에서 열리는 시상식은 저녁 9시에 시작해서 새벽 1시에 끝난단다. 장소와 시간이 마음에 걸렸지만 뭐 어떠랴. 이럴 때 나를 떠올려주는 사람이 있다는 게 이런 기분이구나 싶었다. 행복한 마음으로 윤영과 함께하기로 했다.

이런 콘서트는 난생처음이었다. 여러 가수들이 나와서 저마다의 무대를 뽐냈다. 좋아하는 그룹이 나올 때마다 우리는 부둥켜안고 소리를 질렀고 노래를 따라 불렀다. 음악적 취향마저 비슷하구나! 윤영에 대해 또 하나 알게 된 것 같아 너무 짜릿했다.

시간은 빠르게 흘러갔다. 어느새 마지막 노래가 피날레를 장식하고 있었다. 예정 시간보다 1시간이나 더 늦게 끝났다. 마구 소리를 질러댔더니 목이 쉬어버렸지만 이렇게 신이 난 것은 태어나서 처음인 것 같다. 무엇보다 우리가 함께 즐겼다는 것이, 이 늦은 시간까지 함께 있다는 사실이 너무나 설렜다. 그러나 몸은 무척 지쳐 있었기 때문에 얼른 집에 가서 침대에 몸을 던지고 싶었다. 앉아서 소리만 질렀는데 왜 땀이

흥건한 걸까. 윤영이 휴대폰을 꺼내 콜택시를 불렀다.

(윤영)

　음악과 조명과 환호로 뜨거웠던 공연장이 모두 식어버렸는데도 집에 돌아가지 못하고 있는 것은 준우와 나뿐이었다. 나는 입술을 질끈 깨물었다. 아까부터 이 지역의 장애인 콜택시에 전화를 걸고 있지만 아무도 받지 않았다. 초조했다. 택시 말고는 집으로 돌아갈 방법이 떠오르지 않아서 발만 동동. 그러다 가까스로 전화가 연결되었다.

　상대방은 어쩐지 나른한 목소리였는데, 알고 보니 상담콜센터는 이미 운영을 종료한 시각이라고 했다.

　"서울시 ○○구로 가고 싶은데요."

　"어디요?"

　"서울시 ○○구요."

　"하… 고객님, 저희는 관내 이동이 원칙이고요. 서울로 가시려면 여기서 가까운 지역만 가능한데, 그것도 하루 전에는 예약하셔야 하거든요. 첫 이용이시면 팩스로 장애인 증명 서류를 제출하시고 회원가입 승인을 받으셔야 해요."

　"네? 그럼 지금 이용할 수 없다는 말씀이에요?"

"네."

전화가 연결되지 않았을 때가 차라리 희망적이었다. 이 상황을 준우에게 어떻게 설명해야 할까? 집에는 어떻게 가야 할까? 치지직거리던 사고회로가 이내 끊어져버렸다.

처음엔 택시 이용 방법을 제대로 찾아보지 못한 나 자신을 원망했다. 대한민국에서 장애인으로 살려면 더 부지런하고 더 치밀해야 했는데 책무를 게을리한 탓이다. 데이트에 너무 들떠 있었던 거 같다. 사귄 지 이제 겨우 한 달. 예쁜 모습만 보여주고 싶고 즐거운 것만 하고 싶었는데, 지금 이 상황은 전혀 반짝이지 않는 순간이었다. 애인까지 이런 곤란한 상황에 휘말리게 했다는 죄책감이 나를 괴롭혔다.

그런데, 생각해보면 이상한 점들이 한둘이 아니다. 부모님과 함께 택시를 탔던 때가 떠올랐다. 내가 휠체어를 타지 않고 부모님에게 안겨 다녔을 때는 전화 한 통이면 겨우 몇 분만에 우리 앞에 택시가 섰다. 회원가입이나 하루 전 예약 따위도 필요 없었다. 만약 기사님이 목적지까지 못 간다고 하면 다시 손을 들고 지나가는 택시를 잡으면 될 일이었다. 그런데 오늘의 나는 택시를 탈 수 없다. 단지 휠체어를 사용한다는 이유 때문에.

휠체어를 타고 있으면 택시를 이용하기 어려운 게 당연한 걸까? 휠체어가 있는지 없는지에 따라 이렇게 상황이 달라지는 건 어쩐지 좀 억울했다.

서울에 올라와 혼자 살기 시작한 지 3년. 서울 밖으로 나와본 게 오늘이 처음인 나는 도대체 무엇을 놓친 것일까?

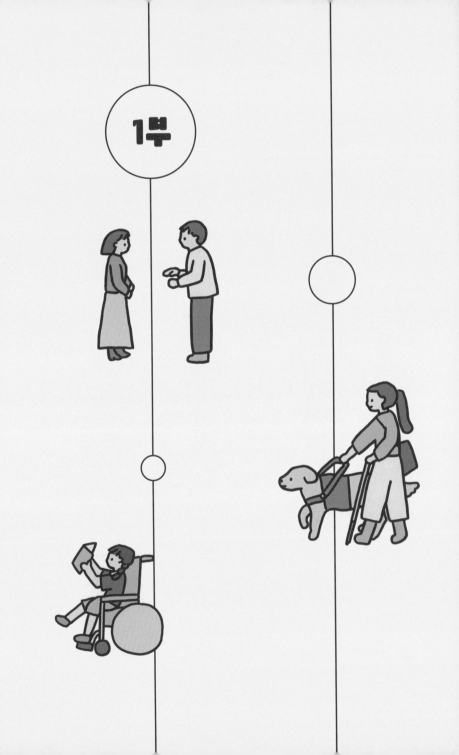

나와 당신 그리고 우리의 이야기

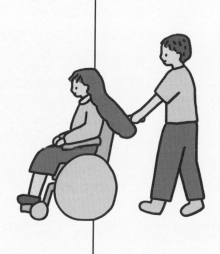

1 우리는 만나지 못할 뻔했다

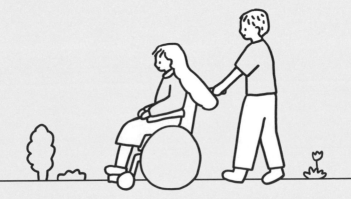

10대 시절,
윤영과 준우의 하루

윤영

배가 하나도 안 고픈데 거실에는 또다시 아침이 차려졌다. 오늘도 주문이 산더미처럼 쌓여 바쁘다는 아빠는 상에 밥이 놓이기 무섭게 그릇의 반을 비웠다. 아빠가 일하는 공장에 함께 가야 하는 엄마도 마음이 급한 듯 나에게 식사를 재촉한다. 엄마의 얼굴이 잔뜩 구겨질 게 뻔해서 쳐다보지도 않고 나는 말했다.

"배 안 고파."

"얼른 먹고 가야지. 어서 먹으라니까."

"나는 안 가."

언니는 벌써 나가고 없었다. 아침잠이 워낙 많아서 엊그제까지만 해도 엄마에게 기어코 한 소리를 들어야 일어났는데, 대학에 들어가면서 뭔가 변한 것 같았다. 자기 삶에 목표가 생겼나? 사람 참 알다가도 모를 일이다. 그새 밥을 다 드신 아빠는 벌써 현관문을 나섰다. 그런 아빠를 따라잡기가 벅찼던 엄마는 숨을 턱까지 끌어올리며 최후통첩을 날렸다.

"안 갈 거야?"

"……."

"너 진짜!"

현관문이 쾅 닫혔다. 나는 움찔했다. 엄마를 화나게 하고 싶지는 않았는데…. 혼자서는 밥도 못 먹고 화장실도 못 가니까 내가 공장에 같이 가야 엄마가 편하다는 것쯤은 나도 알았다. 다만 그 순간에는 엄마를 따라가야 하는지 아닌지, 아침밥을 억지로라도 먹어야 하는지 안 먹어도 되는지 진짜 몰랐던 것뿐이다. 나는 그저 배가 안 고팠고, 컴퓨터도 없는 아빠 공장에 따라가서 종일 죽치고 있기 싫었을 뿐이다. 눈물을 참느라 목구멍이 타들어가듯 엄청 뜨거웠다.

그런데 '쾅' 하고 닫혔던 문소리가 귓전에서 사라지자 금세 괜찮아졌다. 완벽하게 혼자라는 느낌에 오히려 신이 났다. 곧장 베란다의 수도꼭지로 기어가 물을 틀었다. 쫄쫄쫄 흐르는 차가운 물의 느낌이 좋다. 엄마가 세숫대야에 받아주던 물보다 어쩐지 신선한 것 같아 그 물에 얼굴을 씻었다. 가슴이 두근두근! 금방이라도 엄마가 들어오면 어쩌지? 위험한데 뭐 하냐고 나를 안아 방으로 옮길까봐 긴장됐지만 그런 일은 일어나지 않았다. 어쩐지 우쭐한 기분이 되어 방으로 돌아왔다.

그런데 지금부터 뭘 하고 놀지? 엄마가 나간 지 30분도 되지 않았는데 막상 아무것도 할 일이 없다는 걸 깨달았다. 그냥 엄마 아빠 따라 나갈걸 그랬나 후회가 고개를 들지만 억지로 떨쳐내며 컴퓨터를 켰다.

요즘은 채팅에 빠져 있다. 하지만 오전 시간에는 10대보다 20대 방에 사람이 더 많아서 별로다. 그 방엔 들어가고 싶지 않다. 나이를 속이는 건 아무래도 어려운 일이었고, 들통이라도 나면 핀잔을 들을 게 뻔했기 때문이다. 그렇게 어슬렁어슬렁 채팅방을 들락거리다가 노래를 듣기도 하고 이것저것 관심이 가는 대로 마우스를 옮겼다. 뭘 해도 혼자서는 재미가 없는 것 같다. 시간이 지루하게 흘렀고, 베란다 너머로 보이는 하늘은 눈이 시리도록 파랬다.

거실에 있는 과자로 대충 허기를 매우고 베란다로 다시 기어나갔다. 나는 너무 작은 사람이라 그냥 앉아서는 좀처럼 밖이 보이지 않았다. 온몸을 쭉 내밀어 베란다 쇠창살에 코를 박고 밖을 내다보았다. 아래층에서 큼큼한 냄새가 올라왔고 조그맣게 사람과 차들이 움직이는 것도 보였다.

그때 저 멀리 교복을 입은 애들이 하나둘 보이기 시작했다. 왜인지 몰라도 가슴이 철렁해서 얼른 몸을 뒤로 뺐다. 같이 초등학교에 다녔던 친구들이 떠올랐다. 이제 그 애들도 저런 교복을 입을 테지만 중학교에 입학한 뒤로는 한 번도 본 적이 없었다. 친하다고 생각했던 애들도 연락을 주지 않았고, 나도 연락하고 싶지 않았다.

이곳에서 내려다보는 세상은 나와 전혀 상관이 없는 것처럼 보였다. 그래서일까, 어쩐지 아찔하다는 느낌이 들었다. 그날은 3시가 되어도 4시가 되어도 엄마가 점심을 챙겨주러 오지 않았다.

준우

아침 7시. 내 방에는 자명종이 없다. 대신 엄마가 방문 너머로 내 이름을 부른다. 내 의식은 꿈과 현실 사이를 자꾸만 맴돈다. "채준우!!!" 격앙된 엄마의 목소리. 안 일어나면 진짜 혼날 것 같은 순간에 눈이 번쩍 떠졌다. 비몽사몽 중에 머리를 감은 뒤 옷을 입고 등교를 준비한다.

우리 집은 다세대 주택의 2층. 가파른 계단을 내려와 철문을 열고 집을 나선다. 졸려 죽겠다. 집 앞 작은 구멍가게에는 평상이 하나 있는데 여기에 앉아 친구를 기다린다. 녀석이 학교에 가려면 우리 집을 지나게 되어 있으므로. 그 애와는 1학년 때 같은 반이었는데 지금까지도 친하다. 아마 같은 게임을 해서인 것 같다. 우린 만나자마자 게임 이야기를 시작했다. 아직 큰 고민은 없는 거 같다. 숙제를 하며 받는 스트레스를 게임과 음악으로 푸는 게 유일한 낙이다. 다른 아이들은 싸이월드를 시작했지만 나는 그런 것에 관심이 없다. 마음 맞는 몇몇 친구들과 어떻게 놀지 생각하는 게 더 좋다.

수업은 별일 없이 지나간다. 나는 한 번 잊어버린 것은 계속 잊는 좋지 못한 버릇이 있어서 오늘도 교과서 몇 권을 빼먹고 왔지만, 뭐 괜찮다. 필기라도 열심히 하며 수업을 잘 들어보자. 또래보다 키가 커서 내 자리는 뒤쪽 어디쯤이다. 덕분에 책이 없어도 잘 들키지 않았고, 꼭 필요한 경우가 아니라면 굳이 빌리러 가지도 않는다.

내 친구들은 나아 닮았다. 덩치가 크고 소심하다는 점이 그렇다. 그 몇 명과 나는 늘 몰려다녔다. 영화를 본 이야기나 말장난을 쉴 새 없이 했다. 때로는 운동장 계단의 처마 밑에서, 어떤 날은 교실이나 복도의 한구석에서 말이다. 점심시간에는 등나무 아래 나무 벤치가 있는 쉼터를 점령하고 벤치 위를 뛰어다니며 얼음땡을 했다. 덩치만 크고 체력은 약해서 힘이 들지만 그래도 재밌다.

학교가 끝나고 친구들과 걸어서 집으로 돌아온다. 등교할 때는 둘이었다가 하교 때는 다섯 명도 되고 일곱 명이 될 때도 있었다. 피곤할 때는 버스를 탔지만 보통은 애들과 어울리는 게 더 좋아서 함께 걷는다. 집에 와서 컴퓨터를 켜고 게임을 조금 하다가 이른 저녁을 먹고 학원으로 갔다. 집에서 멀지 않은 상가 2층이었는데 우린 여기서 다시 모였다. 아, 물론 학원에 가지 않을 때도 우린 모였다. 친구들의 부모님도 대부분 맞벌이를 하셔서, 집에 가는 길에 "오늘 놀까?"란 말이 나오면 자연스럽게 서로의 집에 놀러 가거나 놀러 왔다.

학원의 계단은 나선형이고 엄청 좁다. 1층에만 있는 화장실에 가는 아이들, 상가 앞 분식집에 가는 아이들, 다시 교실로 돌아가는 아이들로 그 좁은 계단은 언제나 미어터졌다. 오늘은 쉬는 시간이 길어서 애들 사이를 비집고 나와 옆 건물 지하 오락실로 갔다. 여기 주인아저씨는 아이들이 담배를 피우든 술을 마시든 별로 관심이 없어서 껄렁한 애들이 자주 드나들었다. 나는 그런 아이들이 무서웠지만 게임이 너무 하고 싶은 나머지 문을 빼꼼 열고 담배 냄새가 나는지 살폈다. 다행히 오늘은 냄새가 나지 않는다. "럭키!" 의자에 몸을 내던지듯 파묻혀서 게임 한 판을 즐겼다.

그렇게 학원이 끝나고 밤 10시. 집으로 돌아왔다. 2층을 끝까지 다 오르면 숨이 조금 찬다. "다녀왔습니다." 숨을 고르며 부모님에게 인사를 건넨다. 시간이 늦었는데도 아빠는 베란다에서 난을 가꾸고 계시고, 엄마는 소파에 기대어 졸다가 나를 반겨주신다. 씻고 방에 들어가서 게임을 좀 더 하기로 한다. 오늘도 최대한 늦게 자야겠다.

다른 세상 속
우리 둘

윤영은 학교에 갈 수 없었다

장애를 가진 학생들이 다니는 특수학교가 있다. 우리나라에 192곳이 있고 나도 이곳에 다니던 학생들 중 한 명이었다. 특수학교에서 초등과정은 2년, 중학과정도 2년 정도만 다녔으니 정확히 말하면 다니다 말다 했다.

처음 초등과정으로 입학했을 때는 2년간 재활 운동만 했다. 교실에는 책상과 의자 대신 푹신한 매트가 깔려 있었고, 짐볼과 색색의 놀이치료 교구들이 즐비했다. 학생들은 동그랗게 둘러앉거나 누워서 물리치료를 받았다. 뻣뻣하고 잘 움직이지 않는 관절과 근육이 유연해지도록 팔과 다리를 강한 힘으로 계속 굽혔다 폈다 하는 것이다. 이 시간이 오면 교실은 애들의 통곡 소리로 가득 찼다. 너무 아프기 때문이다.

나도 뼈가 부서져라 열심히 운동했다. 아니, 정말로 뼈가 부러져가며 운동을 했다. 골형성부전증! 재채기만 해도 뼈가 부러질 만큼 약한 것이 내가 가진 장애였기 때문이다. 이런 나를 보고 물리치료 선생님들은 슬금슬금 자리를 피했기 때문에 내가 할 수 있는 재활 운동은 매우 단순했다. 뭔가를 붙잡고 오래 서 있기, 누군가의 손을 잡고 한두 걸음 걷기, 온종일 자전거 타기…. 그게 전부였다. 물론 나는 이 시간을 좋아하지 않았다. 다리가 아파서 매번 펑펑 울었고, 땀이 뻘뻘 흘렀다. 내 몸을 지탱하기에 뼈는 너무 약했고, 관절은 너무 헐거웠다.

재활을 시작한 지 2년이 되어가던 어느 날, 드디어 나는 남의 손을 잡지 않고서도 간신히 서 있게 되었다. 선생님들은 잘했다며 칭찬했고, 어설프기 짝이 없는 내 모습에도 엄마는 기쁨 그 이상을 느끼는 듯했다. 그때부터 한동안 엄마는 나를 데리고 나갈 때마다 분주해졌다. 혼자 서 있어 보라며 자꾸 나를 세워두고 카메라를 꺼냈다. 카메라 프레임 속에는 엄마가 두고두고 꿈꿔왔을 장면이 들어 있었다.

그러나 그 꿈같은 시간은 몇 개월도 채 가지 못했다. 다시 뼈가 부러졌기 때문이다. 결국 나는 걸을 수 없는 사람이었다. 아무도 대놓고 말하지 못했지만 사실이었다. 포기가 필요했다. 선생님들은 일반 교과과정이 필요하다고 권유했고, 더 이상 공부를 늦출 수 없다는 것에 부모님도 동의했다.

– 벽에 기대면 설 수 있어요!

교실에 걸려 있는 우리 반 아이의 자기소개 글이 눈에 들어왔다. 나는 그 문장을 뚫어져라 쳐다보았다. 언제 봐도 어색한 문장이었다. 자기소개를 어떻게 하는 건지는 잘 몰라도, 보통의 사람이라면 남들에게 자기를 저렇게 소개할 것 같지는 않았기 때문이다.

선생님과 이야기를 마친 엄마가 나를 안았다. 그 애의 소개 글도 교실도 점점 멀어졌다.

구름이 무겁게 내려앉은 흐린 날이었다. 학생들이 모두 집으로 돌아간 텅 빈 학교에 엄마와 둘이 갔다. 그곳은 우리 언니가 다니던 초등학교였고, 차창 밖으로만 내다보던 일반 학교였다. 내겐 휠체어가 없었지만 상관없었다. 어차피 휠체어가 들어갈 만한 학교가 아니었으니까.

엄마 등에 업혀 교장실로 들어간 나는 주름지고 푹 꺼진 소파에 앉혀졌다. 고동색 테이블을 앞에 두고 어른들은 몇 가지 질문과 답을 이어갔다. 나로서는 이해할 수 없는 말투성이라 금방 딴청을 피웠다. 그런데 별안간 내게 질문이 날아왔다.

"학교생활을 잘할 수 있겠니?"

교장 선생님의 첫 질문이었다. 엄마는 "내가 책임진다"와 "걱정하지 마시라" 같은 말로 옆에서 거들었다. 그제야 나는 분위기를 파악했다. 이건 입학을 위한 상담이 아니라 "굳이 우리 학교에 와야 하나요?"를 묻는 자리였다. 뭔가 나에게 불리한 상황이라는 것도 눈치챘다. 온몸에 힘이 잔뜩 들어갔다. 등 뒤가 감전된 듯 찌릿했고, 입이 떨어지지 않아 우물쭈물 별 대답을 못 했다. 아무리 똑 부러지게 말하고 싶어도 애초에 나로서는 답할 수 없는 질문이었다. '일반학교' 생활을 해본 적이 없어서 잘할 수 있을지 없을지 진짜 몰랐기 때문이다.

그렇게 부모님의 마음고생을 대가로 지불하고 나서야 나는 일반학교의 학생이 되었다. 초등학교 3학년이었다.

첫 등교 날. 나는 그야말로 학교 최고의 '인싸'였다. 교실 의자에 앉아 있는 것만으로도 우리 반 애들의 시선을 한 몸에 받았다. 키가 왜 이렇게 작냐고 직접적으로 물어오는 애부터, 누구 동생이냐는 귀여운 질문도 받았다. 나중에는 질문 하나하나에 답하기가 벅차서 "난 앞으로 너희랑 같은 반이야!"라고 선전포고처럼 외쳐버렸는데, 그 바람에 호기심 가득한 친구들이 더 몰려들었다. 덕분에 나는 휠체어에 타지 않아 먼저 다가갈 수 없는데도 거의 모든 애들과 인사했다.

담임선생님은 아이들의 천진난만한 행동에 가끔 웃음 짓기는 했지만 대체로 무관심한 사람이었다. 수업을 시작하기에 앞서 나를 짧은 한마디로 소개하고는 학습 지연을 겪고 있는 다른 친구와 짝을 지어주었다. 나는 그 아이에게 소곤소곤 말을 걸었지만 아무런 답을 듣지 못했다. 대화가 원활히 통하지 않는다는 것을 깨닫고 선생님에게로 관심을 돌렸다.

그런데 얼마 못 가서 내 레이더에 빨간불이 들어왔다. 선생님이 수업 내내 단 한 번도 우리 쪽을 쳐다보지 않는 것이었다. 한 반에 스무 명을 가까스로 넘길 만큼 학생이 적은 데다 이렇게 보란 듯이 앞자리에 앉아 있는데도, 선생님은 마치 우리가 안 보이는 것처럼 행동했다. 그래서 발표 기회가 올 때마다 손을 번쩍번쩍 들었다. 일종의 승부욕에서 비롯된 것인지, 뭔가 심술이 나서였는지는 기억나지 않는다. 다만 나와 내 짝꿍에게 기대가 전혀 없다는 것쯤은 눈치챌 수 있었다. 그래서 가만히 있을 수가 없었다. 나 여기 있다고, 나에게도 기대를 품어달라고 속마음을 표현하려면 열심히 손을 드는 수밖에 없었다.

　다행히 친구들은 선생님과 달랐다. 쉬는 시간마다 애들이 몰려들었다. 아이들과의 대화는 묻고 답하는 형식에서 어느새 그냥 노는 이야기로 바뀌어 있었다. 우리는 쉴 새 없이 떠들었고 그중 한 친구가 나랑 짝꿍이 되길 원했다. "좋아!" 나는 숨도 안 쉬고 답했다. 친구의 마음을 받는다는 것은 이토록 기쁜 일이었다. 선생님이 교실로 돌아오자 그 애는 손을 번쩍 들더니 윤영과 짝꿍을 시켜달라고 했다. 내 짝꿍은 바로 다음 날부터 바뀌었고, 그 뒤로는 언제나 친구들 속에 있었다.

　나는 종종 나의 전 짝꿍을 바라보곤 했다. 그는 여전히 혼자였고, 선생님은 여전히 그에게 무관심으로 일관했다.

　교장실의 존재를 다시 기억해낸 것은 그로부터 3년 후였다. 졸업을 앞두고부터는 담임선생님도 옆반 선생님도 엄마만 보면 똑같이 말했다.

　"윤영이 공부는 집에서 계속 시키세요."

　그 말에 담긴 여러 의미를 처음엔 알지 못했다. 그건 표면적으로는 장애인이 다닐 수 있는 학교가 없다는 뜻이었고, 교장 선생님이 중학교 입학 서류를 만들어주지 않을 거라는 노골적인 통보이기도 했다.

입학 후 몇 년 동안은 등교해서 집에 가기 전까지 한자리에만 앉아 있는 날들이 이어졌다. 화장실도 엄마가 와줘야 갈 수 있었고, 체육 시간엔 혼자 교실을 지켰다. 그러다 고학년이 되자 키가 큰 친구들이 도와주겠노라며 다가왔다. 친구들이 크는 동안 나는 크지 않았고, 덕분에 그들에게 쉽게 안길 수 있었다. 우리는 함께 운동장에 나가고 과학실 수업도 하러 가고, 쉬는 시간마다 교실 뒤에 앉아 공기놀이를 했다.

내 친구들은 어른들이 시켜서가 아니라 순전히 나와 놀고 싶어서 나를 안고 다녔다. 그래서 나는 애들에게 "도와줘"란 말보다 "가자!"라는 말을 주로 했다. 그런데도 못 가본 데가 너무 많아서 수업이 끝나면 학교 이곳저곳을 애들과 함께 탐험했다. 졸업할 때가 다 되어서야 진짜 학교에 다니고 있는 것 같은 기분이 들었다.

그러다 사고가 생겼다. 그날은 날씨가 너무 좋았다. 운동장에서 실컷 놀다 교실로 돌아오는 길, 과학실 앞 복도에서 친구와 함께 넘어졌다. 골반이 숨을 쉴 수 없을 만큼 아파왔다. 골절이었다.

애초에 장애 학생이 안전하고 자유롭게 움직일 수 없는 환경이었다는 게 이번 사고의 가장 큰 원인이었다. 그러나 이를 학교의 문제라 말하는 사람은 아무도 없었다. 당연히 친구의 잘못도 내 잘못도 아니었지만, 모두들 나와 내 친구 사이에서 일어난 사고로 여겼다. 이런 분위기가 나와 친구들을 예전으로 돌아갈 수 없게 만들었다. 학교는 한참 동안 술렁였고, 내가 다시 학교로 돌아왔을 때는 모두에게 불편한 존재가 되어 있었다. 친구들 속에서 쾌활하게 떠들던 나는 더 이상 없었다. 학교생활을 잘할 수 있겠냐던 교장 선생님의 관점에서 보면 나는 완전히 낙제점인 셈이었다.

그렇게 "공부는 집에서 계속 시키세요"라는 이야기가 나오게 되었다. 여러 사람 힘들게 굳이 중학교까지 보내려 하느냐는 뜻도 함께 담겨서 말이다. 보호자인 엄마에게도 당사자인 나에게도 응원과 지지를 보내주는 사람이 절실했다. 그 일은 단지 사고였을 뿐이고, 장애를 이유로 누군가를 의무교육에서 배제할 수는 없다고 말해주는 사람 말이다. 하지만 주변에 그런 사람은 아무도 없었다.

어떤 부모도 학교에 사정사정해서 아이를 입학시키지 않는다. 학령기의 아이가 학교에 가는 건 누구에게 부탁하고 말고 할 일이 아니다. 너무나 당연한 것이기 때문이다. 그러나 엄마와 나에게는 당연하지 않았다. 입학 때부터 줄곧 마음을 졸여왔던 엄마는 이것저것 따져 물을 힘도 없을 만큼 무기력한 상태였다.

내 일반학교 생활은 결국 초등학교에서 끝이 났다. 그 후로는 나에게 기대를 거는 어른도, 나와 짝꿍을 하고 싶어 하는 친구도 없이 대부분의 시간을 집에서 혼자 보냈다.

모두를 위한 학교가 아니었다

4교시가 한창일 무렵 복도에서 덜컹거리는 소리가 들렸다. 배식 카트가 이동하는 소리다. 우리 중학교에는 엘리베이터 두 대가 있었는데 사람을 위한 건 아니었다. 식당에서 큰 통에 반찬과 국을 담으면 그것을 실어 올리는 용도일 뿐이었다.

생각해보면 내가 다닌 초, 중, 고교도 윤영이 다닌 초등학교와 별다를 게 없었다. 지역 소도시에서 나고 자란 윤영은 내 얘길 듣더니 서울은 다를 줄 알았다며 굉장히 실망했다. 그러나 사실이었다. 만약 과거의 윤영이 서울로 왔다고 해도 학교에 다니는 일이 결코 수월하지 않았을 것이다. 적어도 내가 다닌 곳들은 그랬다. 모두를 위한 학교가 아니었기 때문이다.

장애를 가진 학생을 전혀 못 봤던 건 아니다. 초등학교 때 본 적이 있기는 하다. 비록 졸업식 날이 처음이자 마지막이었지만, 어쨌든 같은 학교에 다니는 장애 학생을 만난 것이었다. 그 아이와 어머니가 '장한 어머니상'을 받으러 연단에 함께 올라왔기 때문이다. 아마도 지적 발달장애를 가지고 있었던 것 같은데, 그 친구가 상패를 받자마자 너무도 쿨하게 돌아서 나가버리는 바람에 오래도록 기억에 남았다.

특수학급의 존재도 알고는 있었다. 내가 속해 있던 RCY(Red Cross Youth. 청소년 적십자 동아리)의 선생님이 특수학급 담당 교사였기 때문이다. 그런데도 그 반의 친구들과 만날 수 있는 기회는 전혀 없었다.

생각해보면 선생님들에게도 '장애인'은 무척이나 먼 존재였던 것 같다. 고등학교 때 윤리 선생님이 수업 시간에 "멍청한 사람이 돈을 많이 가지고 있는 것은 정신이상자가 칼을 들고 있는 것만큼 위험하다"라는 말을 한 적이 있다. 물질만능주의를 비판하기 위한 나름의 비유였겠지만, 정신장애를 가지고 있는 사람을 잠재적 범죄자로 취급한다는 점에서 매우 위험하며 반인권적인 발언이다. 적어도 엄격한 윤리적 잣대를 지녀야 하는 윤리 교사가 할 말은 아니다. 그런데도 우리는 재밌는 비유라며 다들 웃었다. 학교의 편의시설도 교사와 학생들의 인식도 모든 것이 딱, 그 정도 수준이었다.

지금도 여전히 그때에 머물러 있는 인식이 있다. 장애 학생은 '일반 학생'의 수업에 방해가 되지 않도록 분리해야 한다는 사고방식이다. 그러다 보니 장애 학생을 만나려면 비장애 학생 쪽에서 뭔가 특별한 기회를 만들어야 한다. 따지고 보면 나 역시 그랬다. 학교 바깥에서의 봉사활동을 통해 비로소 장애인을 만날 수 있었으니까. 그 특별한 기회를 직접 만든 셈이다. 그렇다고 그들과의 만남이 마냥 편했던 것은 아니었다.

첫 봉사활동 장소는 중증 장애인들이 지내는 시설이었는데, 고백하자면 그들과의 첫 만남은 조금 충격적이었다. 나와 다른 모습으로 다른 삶을 살아가는 사람들이 있다는 사실을 처음으로 알게 되었기 때문이다. 한 방에서 여럿이 지내고 있었는데 앳된 모습이었지만 다들 나보다 나이가 많았다. 그런데 아무리 생각해봐도 그들을 학교에서, 놀이터에서, 심지어는 길을 오가면서도 만난 적이 없었다.

고백을 더 하자면, 식사를 돕고 목욕을 돕는 동안 나도 모르게 그분들을 '당연히 이런 시설에 있어야 하는 사람'으로 취급해버렸다. 나와 똑같은 사람이라고 전혀 생각하지 못했던 것이다. 그래서 나의 첫 봉사활동은 지금까지도 부끄러운 기억으로 남아 있다. 장애인들과의 첫 만남이 시설이 아니었다면 어땠을까? 적어도 그들을 '당연히' 시설에 있어야 하는 사람들로 여기지는 않았을 것 같다.

한번은 이런 일도 있었다. 장애·비장애 청소년이 함께하는 〈전국 고교생 장애인 리더 대회〉에서 친해진 친구가 있었는데 그 애는 평일 내내 특수학교에 있다가 주말에만 집으로 돌아오곤 했다. 그래서 주말이 아니면 만날 수 없었다. 같이 놀면서도 '다들 가까운 학교에 다니는데 왜 이 친구만 집에서 멀리 떨어진 학교에 다닐까?' '왜 방과 후에도 집에 오지 못하고 주말에만 오는 걸까?'라고는 전혀 생각해보지 못했다. 역시나 당연히 그래야 하는 줄 알고 무감각하게 받아들였던 것이다.

그러나 세상에 당연한 것은 없다. 윤영이 일반 중학교에 가지 못한 것이 당연한 일이 아닌 것처럼 말이다. 학교는 성장기의 사람이 사회화 과정을 처음으로 밟게 되는 중요한 장소다. 그런데 어떤 사람들은 기본적인 교육에도 제대로 참여하지 못하거나 아예 그럴 기회조차 얻지 못한다. 아무도 이상하다고 느끼지 못하는 사이에 비장애인과 장애인은 자연스레 분리되었다. 장애인들의 존재를 까맣게 잊은 채 살아가는 것이다.

장애가 없는데도 학교에서 받아주지 않는 경우도 있다. 외국에서 온 이주민 아이들이 그렇다. 문화가 다르고 언어가 통하지 않는다는 이유로 학교가 허가해주지 않으면 학교에 다닐 수가 없다. 한국에서 꿈을 펼칠 기회도 얻기 힘들다.

출신이 다르거나 장애가 있다는 이유로 학교에서 환영받지 못하는 게 당연한 일일까? 건강한 사회란 그 어떤 사람도 배제하지 않기 위해 노력하는 사회라고 한다. 그리고 누군가를 배제하지 않기 위해 가장 열심히 노력해야 할 주체는 다름 아닌 학교다. 모두가 다닐 수 있고 모두를 포용하는 학교여야 장애 학생도 비장애 학생도 이주 학생도 서로 만날 수 있지 않을까.

분리된 세상 속에서
살아가는 사람들

머나먼 학교

"원래 부모님하고 지내다가 동생들이 태어나면서 기숙사가 있는 학교로 보내졌어요. 초등학교 3학년 2학기 때 기숙사로 들어가게 되었는데 그땐 진짜 아무것도 몰랐었죠. 늘 부모님 품에 있다가 너무 어린 나이에 공동생활을 하다 보니까 처음에는 힘들었어요. 새로 들어온 저를 두고 쟤랑 놀면 왕따 시키겠다는 말을 공공연하게 하는 애들도 있었고, 내가 잘못하지 않아도 다른 사람이 잘못하면 다 같이 혼나게 된다거나 하는 억압적인 분위기가 익숙해지질 않았어요. '나는 왜 이렇게 지내야 하는 거지?' 이런 생각이 많이 들었던 것 같아요. 한 2년 동안은요." (여두)

동생들이 태어나자 연두 님은 원래 살던 지역에서 멀리 떨어진 기숙형 학교에서 지내게 되었다. 여러 장애를 가진 학생들이 한곳에 모여 생활하며 근처 특수학교로 통학하는 곳이었다. 부모님은 동생들을 양육하느라 연두 님에게 집중하기가 힘들었다. 연두 님 또한 이런 사실을 누구보다 잘 알았고 깊이 이해했다. 부모님은 바쁘지 않은 주말이면 그곳으로 찾아왔고, 가끔은 함께 온 동생들도 만날 수 있었다.

그러나 어린 나이에 시작한 공동생활은 쉽지 않았다. 낮 동안의 학교생활도 힘들기는 마찬가지였다. 학교에서는 연두 님처럼 기숙사에서 온 학생들을 좋아하지 않았다. 특히 친구 부모님들이 그랬다. 집에서 통학하는 아이들과는 달리 부모들이 찾아오지도 않고 신경 쓰지 않는다는 이유였다.

연두 님은 그런 분위기를 매우 예민하게 읽고 있었다. 학교 선생님과 조금만 친밀한 모습을 보여도 곱지 않은 시선을 느꼈다. 이런 환경 속에서 연두 님은 자신을 지키기 위해 필연적으로 강한 사람이 되어야 했다. 의존적인 면모를 최대한 덜어내고 자기 주장을 확실하게 하는 사람이 되었다.

윤영과 마찬가지로 골형성부전증이라는 장애를 가지고 있는 아모 님은 자라오면서 뼈가 수십 번 부러졌기 때문에 학교에 가지 못했다고 했다. 자신도 골절이 두려웠고, 부모님 역시 공부보다는 그저 아이가 아프지 않고 안전하게 생활하기를 바랐을 거라고 했다. 하지만 동생들과 달리 자신만 공부를 시키지 않은 이유에 대해서는 내내 의문이었다. 학교는 장애 때문에 못 갔다고 쳐도 집에서 가르칠 수는 있었을 텐데 말이다.

아모 님의 학업은 나이가 한참 지나서야 시작되었다. 특수학교 내 순회학급이 생긴 덕분이었다. 선생님이 항상 집으로 오셨고 그는 뒤늦게 초등학생이 되었다. 이 모든 일들은 집 안에서 이루어졌고, 이웃들 대부분은 그의 존재를 알지 못했다. 집 밖을 오고 가는 아모 님을 한 번도 본 적이 없었기 때문이다.

"저는 학교라는 곳을 다녀본 적이 없습니다. 한 살 터울의 동생이 초등학교에 들어간 뒤에 그 아이가 하는 학습지나 가져오는 책을 같이 보면서 자연스럽게 공부라는 걸 시작했지요. 하지만 2학년이 넘어가니까 혼자서 이해하기가 어려웠고 얼마간은 그대로 멈춰 있었던 거 같아요. 미취학 장애아가 있다는 사실을 알게 된 특수학교 선생님이 인학을 권유하러 집에 오셨는데, 부모님이 바쁘시기도 했고 나를 학교를 보낸다는 생각 자체를 안 하셨기 때문에 결

국엔 특수학교조차 가질 못했죠. 순회학급으로 집에서 공부를 시작한 건 그로부터 한참 뒤였어요." (아모)

"고등학교 진학을 준비하던 작년은 머리가 엄청 복잡했어요. 장애 학생은 다른 학생들이랑 입시 일정이 달라서 6월까지 결정을 다 내려야 하거든요. 일반고는 추첨으로 돌리는데, 장애 학생은 추첨으로 돌리면 가지 못하는 고등학교가 나올 수도 있어서 여름방학 전까지 결정해야 해요. 제 친구들은 그냥 추첨 걸리는 데 가면 되는데 저는 남들보다 빨리 고등학교를 정하고 원서를 넣어야 하니 조율할 시간도 부족하고, 그래서 더 난항을 겪었던 거 같아요.

저는 공부 욕심도 좀 있었고 그래도 외고 갈 만큼의 성적이 됐기 때문에 집 근처 외고를 먼저 알아봤어요. 되게 유명한 사립 외고였는데, 지금은 모르겠지만 제가 원서 넣을 때만 해도 엘리베이터가 없었어요. 다른 국제고등학교도 알아봤는데 학교가 엄청 산등성이에 있어서 다니기가 어려웠어요. 통학이 어려우면 기숙사에 들어가야 하는데 신변처리를 할 방법도 막막했고, 학교 밖에 있는 학원에 다닐 수도 없어서 포기했어요.

흔히 좋은 학교라고 하면 시설이 좋은 최신식 학교를 떠올릴 수도 있겠지만 사실은 되게 오래된 학교들이 많잖아요? 명성이 높거나 전통이 깊다는 학교들은 장애 학생이 못 가는 게 현실이죠. 성

적은 다 되는데 물리적인 이유로 포기해야 한다는 게 무척 불합리해요." (유지민)

　고등학교 입학이 1년이나 남은 시점부터 입학 문의를 하고 답사를 다녔지만 유지민 님에게는 턱없이 촉박한 시간이었다. 학교를 찾는 일이 좀처럼 쉽지 않았기 때문이다. 고등학교를 알아본다는 행위 자체도 어색했다. 집 근처 초등학교와 중학교는 편의시설이 잘 갖춰져 있어서 굳이 찾아볼 필요가 없었다. 여느 학생들처럼 집과 가까운 학교에 다녔고 동네 친구들이 있었다.

　그러나 고등학교는 사정이 달랐다. 엘리베이터나 경사로 같은 편의시설이 없거나 특수교사가 없는 학교들이 부지기수였다. 편의시설이 어느 학교에 있고 어느 학교에 없는지 현황을 한눈에 볼 수 있는 자료도 없었다. 오로지 장애 학생 당사자와 가족들이 교육청으로 학교로 직접 발품을 팔아야 했다. 더디고 고단한 여정이었다.

　학교로부터 환영받지도 못했다. "우리 학교에는 장애 학생이 입학한 적이 없어서 잘 모른다"거나 "보다시피 엘리베이터나 편의시설이 없는네 감당힐 수 있으면 다녀봐라"는 식의 이야기를 숱하게 들어야 했다. 사실상의 간접 차별이다.

서울시교육청은 2019년부터 특수교육 수요자가 한 명이라도 있으면 의무적으로 특수학급을 설치하도록 했다. 그러나 교육청의 방침에 따르지 않는 학교들이 많다. 일부 사립학교는 별도의 운영방침이 있다며 대놓고 무시하고 있는 실정이다.[1]

그로 인해 곤란을 겪은 장애 학생은 한두 명이 아니었다. 환영받지 못한 경험은 당사자를 더욱 위축시킨다. 학교의 비협조적인 태도를 감내하면서까지 입학하는 일은 당사자에게 너무나 큰 부담이다. 결국 유지민 님은 집 근처 고등학교 입학을 포기하고 멀리 떨어진 학교에 진학했다. 오랫동안 살아온 동네를 떠나 온 가족이 이사를 했던 것이다.

"초등학교 3학년 때쯤 몸이 안 좋아지면서 휠체어를 타기 시작했어요. 그러면서 사람들의 시선에 상처를 많이 받았어요. 너무 지쳤죠. 그래서 엄마가 태국에 가서 한번 살아보자고 제안했고 5학년 때 한국을 떠났어요. 그곳은 좀 편했어요. 외국인이 많고 문화가 달라서인지 대놓고 쳐다보는 건 좀 덜하더라고요. 하지만 영어는 힘들었어요. 계속 한국인 친구들하고만 얘기하게 되더라고요. 3년 정도 살다가 한국에 돌아오게 되었죠." (임성엽)

임성엽 님은 휠체어를 타기 시작한 뒤로 사람들의 시선을 느끼기 시작했다. 그들은 언제 어디서나 자신과 휠체어를 끈덕지게 쳐다보곤 했다. 주변의 분위기를 예민하게 읽어내는 그에게 이런 일들은 극심한 피로감을 안겼다.

그가 한국을 떠난 이유는 학교에도 있었다. 학교생활에 필요한 어떤 지원도 받지 못했기 때문이다. 같은 반에 장애 학생이 한 명 더 있었는데 담임선생님은 그게 늘 불만인 것 같았다. 자신의 학급에 장애인이 둘이나 있어서 힘들다는 것이었다. 선생님은 그런 불만을 당사자들에게 노골적으로 드러냈다. 말을 전혀 걸지 않고 무시하거나 수업에 참여시키지 않는 방식으로 두 사람을 배제시켰다.

태국으로 온 뒤에는 사람들이 많이 쳐다보지 않아서 한동안은 자유로웠다. 하지만 학교생활이 즐겁지는 못했다. 충분한 준비를 하지 못하고 온 탓에 의사소통에도 제약이 많았다. 그나마 한국인 친구들과 대화할 때가 편했다. 한국과 멀어지고 싶었지만 뜻대로 멀어질 수도 없는 느낌이었다.

결국 다시 돌아왔다. 태국 학교의 학력이 이곳에서는 인정되지 않아 고등학교에 진학할 수 없다는 사실도 뒤늦게 알았다. 그래서 진학을 포기한 채 검정고시를 준비하기로 했다. 한국에서 졸업한 적이 없어 초등학교부터 다시 시작해야 했지만 공부를 지원하는 장애인 단체에 오가며 누구보다 열심히 준비했다. 다만 또래의 친구를 만날 기회는 사라지고 말았다.

특별한 사정이 아니라면 보통은 자기가 사는 동네에서 학교에 다닌다. 그러나 장애를 갖고 있는 사람들은 다양한 이유로 자기의 거주 지역에서 학교에 다니지 못할 때가 많다. 우리가 이 책을 준비하면서 인터뷰한 사람들도 그랬다. 연두 님은 마땅한 돌봄 서비스를 받지 못했기 때문에 가족과 떨어져 기숙형 학교에 보내졌고, 아모 님은 부모님이 장애를 받아들이는 걸 버거워했기 때문에 학교는 시도조차 할 수 없었다. 유지민 님은 편의시설이 없다는 핑계로 학교로부터 환영받지 못했으며, 임성엽 님은 사람들의 시선과 선생님의 냉소적인 태도로 인해 한국을 떠나기까지 했다.

가족과 함께 한국을 떠나야 했던 임성엽 님의 경험처럼, 장애인을 향한 사람들의 태도는 함께 살아가는 가족에게도 큰 영향을 끼친다. 뚫어져라 쳐다보는 시선, 고민 없이 내뱉는 편견과 차별의 말은 가족들의 가슴에 두 번 다시 맞닥뜨리고 싶지 않은 순간으로 남게 된다. 그리고 가족들로 하여금 장애를 부정적인 것, 감추어야 할 것으로 여기게 만든다.

"아버지는 내가 집 안에만 있기를 바라셨어요. 누가 나에 대해 물어보면 그냥 몸이 안 좋다는 정도로만 얘기하고 말았던 거 같아요. 나를 향한 애정과는 별개라는 걸 알지만…. 아마도 아버지가 장사를 하다 보니 남의 눈치를 보고 신경 쓰시는 게 많았던 거 같아요." (아모)

"엄마는 자존심이 무척 강해요. 잠깐 같이 살던 때 동네에서 마주쳤는데 엄마가 나를 못 본 척 그냥 지나가더라고요. 어린 동생들이 혹여 나 때문에 왕따 당하지는 않을까 두려우셨던 거 같아요. 서운하긴 했지만 당시엔 그럴 수 있었다고 생각해요. 하지만 동생들이 성인이 된 지금도 엄마는 여전해요. 언젠가 직장 근처에 동생과 동생 친구들이 와서 내가 밥을 사준 적이 있거든요. 쇼핑한다기에 용돈도 줬죠. 그런데 그날 저녁에 엄마가 동생한테 막 뭐라고 했다는 거예요. 언니가 창피하지도 않냐고, 왜 만났냐고…. 동생이 울면서 전화를 했는데 그때가 가장 상처였죠." (연두)

대부분의 청소년들은 자기 자신에 관한 문제라고 해도 선택에 제한을 받는다. 어디에서 살지, 어느 학교에 갈지 등등. 중요한 문제일수록 결정은 비청소년에게 맡겨진다. 어른의 보호를 받아야 하고, 받고 있다는 이유에서다. 보호자의 가치관에 따라 청소년의 삶은 크게 영향을 받는다. 장애를 가지고 있다면 더욱 그렇다. 보호자가 장애를 어떻게 생각하고 있는지에 따라 학교에 보내지기도 하고, 보내지지 않기도 한다.

만약 장애가 우리 사회에서 특별할 게 없는 것으로, 그냥 인간의 여러 모습들 중 하나로 여겨졌다면 어땠을까? 적어도 자기 자식이 집 안에만 있길 바라거나, 거리에서 모른 척 지나치는 일은 없을 것이다. 이웃에게 장애가 있는 가족을 소개하는 데도 아무런 거리낌이 없을 것이다. 장애를 거부하지 않는 부모의 태도는 장애 청소년의 권리를 높여준다. 그리고, 부모가 장애를 어떻게 받아들일지 결정하는 데 큰 영향을 끼치는 것은 장애를 대하는 우리 사회의 태도다.

부모님의 든든한 지지로 배움을 지속할 수 있게 되었다고 해도 넘어야 할 산은 또 있다. 장애인이 갈 수 있는 학교, 장애인을 환영하는 학교가 너무 적다는 사실이다.

특수학급이 있는 학교는 유치원을 포함해서 전국에 8,729곳이다. 그중 97% 이상이 국공립학교에 몰려 있다. 학년이 올라갈수록 특수학급은 줄어든다. 서울시 251개의 고등학교 중 95곳에만 특수학급이 있고 거기서 사립학교는

11곳, 11.6%뿐이다. 고등학교 진학을 앞둔 장애 학생들이 큰 곤란을 겪을 수밖에 없다.

대학교의 사정은 어떨까? 준우가 다녔던 대학의 사회복지학과는 꽤 평판이 좋았다. 그곳 학생들은 초·중·고에서 만난 장애 학생들을 다 합친 것보다 훨씬 많은 장애 학생들을 만날 수 있다. 당시에도 사회복지학과 동은 편의시설이 무척 좋은 편이었다. 한 건물에 5대나 되는 엘리베이터가 설치되어 있을 정도였다. 넓고 쾌적한 구내식당과 카페 등 대부분의 장소를 휠체어로 갈 수 있었다.

하지만 그 건물을 벗어나면 형편이 달라진다. 엘리베이터가 없는 건물도 있고, 강의실 사이에 계단이 있는 곳도 있다. 이런 환경에서는 장애 학생이 입학을 포기할 수밖에 없다. 그래서 사회복지학과와 타 학과의 장애 학생 수는 확연히 차이가 난다.

준우가 다닌 학교뿐만이 아니고 대부분의 대학들이 비슷했다. 그래서인지 장애 학생에게 전공은 그다지 중요한 게 아닌 것처럼 여겨지기도 했다. 묻지도 따지지도 않고 사회복지학과를 권유받는 일이 흔했기 때문이다.

선진국은 어떨까? 어릴 때부터 장애와 비장애를 구분하지 않고 같은 공간에서 공부하는 것을 당연하게 여긴다. 되도록 일찍 통합교육을 시작해야 비장애 학생들이 장애 학생을 스스럼없이 대할 수 있다는 게 전문가들의 공통된 의견이라고 한다.

프랑스에서는 장애 정도에 맞춰 최대한 비장애 아동들과 함께 일반학교에서 수업 받는 것을 목표로 하고 있으며, 영국도 조기교육 단계부터 특수교육을 시작하고 모든 학교에 장애 학생 교육 전문가가 배치되어 있다. 독일은 한 걸음 더 나아가서, 단순히 비장애 학생과 장애 학생을 같은 공간에 두는 것만이 능사가 아니라고 보고 있다. 장애 여부와 상관없이 다름을 인정하고 모든 학생을 고려하는 분위기를 만드는 것이 목표라고 한다. 그래서 학급 내 다양한 문제들에 대해 학생들이 스스로 논의하고 결정하는 과정을 거친다.[2]

이런 사례들을 보면 우리의 현실이 얼마나 부자연스러운지 알 수 있다. 집에서 가까운 학교, 본인이 원하는 학교, 하고 싶은 공부 따위는 생각조차 하기 어렵다. 학교의 눈치를 이리저리 봐가며, 받아주는 것만으로도 감지덕지해야 하는 것이 우리나라 장애 학생들의 슬픈 현실이다.

학교가 끝이 아니다

이제는 옛날의 윤영처럼 장애가 있다는 이유만으로 학교에 못 가는 일은 없다. 2008년부터 시행된 〈장애인차별금지법〉 덕분이다. 하지만 장애 때문이라고 직접적으로 말할 수는 없더라도, 장애를 이유로 학교 안에서 분리하는 건 여전히 가능하다. 많은 장애 학생들이 특수학교에, 또는 일반학교 내 특수학급에 머무르고 있는 것만 봐도 그렇다.

우리 사회는 좋은 성적을 받고 좋은 대학을 나오고 좋은 직장에 취업하는 것이 최고의 목표라고 믿는다. 그러다 보니 교육에 투자한 비용만큼 높은 이익을 거둘 수 있는 학생들만이 주인공이 된다. 장애 학생은 주인공에게 방해가 되지 않도록 분리하는 것이 당연하게 여겨지는 이유다. 장애가 있든 없든 인간사회에 참여하도록 하는 것이 교육이라고는 생각지도 못하는 것이다.[3] 이런 믿음이나 가치는 사회를 이끌어가는 특권층에게서 나온다. 그들은 오로지 수익만을 추구하기 때문에 장애인을 교육시킬 생각은 애초에 없었는지도 모른다.

그러나 교육 과정에서 분리된 장애인과 비장애인은 결국 부정적인 결과를 맞게 된다. 학교를 졸업하고 사회에서 만나는 순간 깨닫게 되는 것이다. 비장애인들은 갑자기 눈앞에 나타난 낯선 존재를 받아들이기 힘들고, 장애인들은 그들 앞에서 위축된다. 취업과 자립 등 삶의 모든 과정에서 곤란을 겪게 되는 것이다.

"검정고시와 수능을 보고 대학에 갔어요. 하지만 대학에서 적응을 못 했죠. 혼자 공부해온 시간이 길었고, 장애인들과 함께한 시간은 많았어도 비장애인과 지내본 적은 별로 없어서 제가 다르다는 게 새삼 겁이 나는 거예요. 학교 안에서 휠체어를 타고 이동하는 것도 쉽지 않았으니까요.

가장 상처가 되었던 것은 MT 때였어요. 제가 움직이기 어려우니까 교수님이 그냥 가지 말라고 하더라고요. 같이 갈 수 있는 방법을 찾아보자고 했으면, 그러고 나서도 안 됐다면 그나마 나았을 텐데 그런 과정이 없었죠. 그분만이 아니었어요. 학교 건물에 엘리베이터가 없어서 1층에 수업을 개설해달라고 요청했더니 계속 거부하는 교수님도 있었어요. 결국엔 저를 다른 교수님 수업으로 보내버리더군요. 장애학생지원센터에 문제 제기를 했더니 오히려 저를 불만이 많은 사람으로 취급했어요.

몸과 마음이 모두 힘들어 휴학과 복학을 반복했어요. 한참 후에 엘리베이터는 생겼지만, 어느새 저 혼자 공부하고 시험 보고 밥 먹

고 있더라고요. 결국 대학생활에 적응하지 못하고 중퇴했어요." (임성엽)

"특수학교는 교육에 대한 기대가 낮아요. 수업 중에 치료받으러 나가는 애들도 있었고요. 대학에 가려면 모든 걸 혼자 준비해야 하는 상황이라서, 고등학교 때 부모님이 일반학교로 전학을 가면 어떻겠냐고 물어보신 적이 있었어요. 근데 못 갔어요. 너무 두려웠거든요. 왜냐하면 저는 장애가 있는 사람들 속에서 계속 살아왔기 때문에…. 비장애인들이랑 생활한다는 것 자체가 그땐 왜 그렇게 두려웠는지 모르겠어요. 그러다 대학에 들어왔더니 저희 과 80명 중에 장애인은 저 혼자더라고요." (연두)

비장애인이 장애인을 처음 만났을 때 가장 먼저 드는 감정은 어색함과 난처함이다. "무슨 말을 하고 어떻게 대해야 할지 모르겠다"거나 "뭔가 도와줘야 하지 않을까"라는 생각 때문에 부담스럽고 불편한 것이다.

이런 감정은 비장애인만 경험하는 것이 아니다. 장애를 가지고 있는 사람은 자기가 비장애인 무리에 자연스럽게 어울리지 못할 것이라는 두려움을 느낀다. 내내 분리된 채 지내다가 대학에 오면 갑작스러운 기분마저 든다. 아무런 준비도 없이 나 홀로 다른 행성에 떨어지듯 일반 사회에 내던져지는 것이다. 사람들이 쳐다보면 저들이 나를 어떻게 생각할까 걱정이 된다. 가족이나 장애인 친구들 사이에 있을 때는 생각해볼 필요가 없던 문제들 때문에 모든 순간이 어색하고 두렵고 괴롭다.

"인사부에서 저를 위해 식당에 밥 먹는 자리를 따로 마련해주셨어요. 저를 배려해서 해준 일이지만, 그렇게 되니까 계속 혼자 먹게 되는 거예요. 신입교육 때도 그랬어요. 신입이라 더 적극적으로 동료들과 어울려야 하는데 휠체어를 타고 있다고 맨 뒷자리로 안내하더라고요. 다른 동기들은 다 앞으로 보내고요." (연두)

모두에게 각인된 '분리 교육'의 경험 때문에 기업에서도 장애인이 입사하면 당연히 식당에 장애인석을 따로 만들고, 교육실 맨 뒷자리를 비워서 따로 앉히는 것이 맞는다고 생각한다. 회사에 적응하려면 사람들과 만나고 정보를 교환하는 일이 무엇보다 중요한데도 말이다. 회사는 연두 님의 장애에만 집중한 나머지 신입사원에게 정작 필요한 것들은 제공하지 못했다.

어쩌면 당연한 일이다. 이쪽이건 저쪽이건 학교에 다니는

12년 내내 마주친 적이 없으니까. 서로를 어떻게 대해야 하는지, 어떻게 함께 살아가야 하는지 고민해본 적도 없고 겪어본 적도 없으니 줄곧 엉뚱한 대책만 세우는 것이다.

"직업을 가질 수 있을 거라는 생각은 꿈에도 못 해봤어요. 그러다 장애인자립생활센터라는 곳에서 주최한 직업교육을 받은 뒤 운좋게 IT 회사에 입사하게 되었죠. 현재 직장생활에 매우 만족하지만, 지금 생각해보면 좀 후회돼요. 학교생활도 재택으로만 하지 말고 밖으로 나왔더라면, 세상에 조금 더 빨리 나왔더라면 뭔가 다른 상황이 펼쳐지지 않았을까 생각해요. 이를테면 현관문을 나서는 것도 그래요. 문을 열고 나간다는 것 자체가 다른 사람들한테는 아무런 일도 아니잖아요? 근데 저에겐 미리 계획하고 준비해야 하니까 완전 고민이고 부자연스러운 일이에요. 문을 열고 나가는 게 익숙해지지 않아요. 이 나이에도요." (아모)

윤영 역시 자신이 뭐가 될 수 있을 거란 생각을 해본 적이 없다. 뭔가 직업을 갖거나 어딘가에 보탬이 될 수 있을 것 같지 않았다. 대부분의 시간을 집에서만 보냈고 자신에게 기대를 거는 사람이 없었기 때문이나.

윤영만 그런 생각을 한 것이 아니었다. 비슷한 경험을 지닌 이들은 인생 계획을 세우는 데 한없이 소극적이다. 잘할 수 있는 일을 찾고 직업을 구하고 가족으로부터 자립해 살아갈 수 있을지, 모든 게 의문투성이다. 그래서 사회 전체의 인식이 바뀌어야 하는 것이다. 비장애인들이 장애인을 당연히 함께 살아갈 수 있는 존재로 받아들일 때, 장애를 가진 사람들도 비로소 자기 삶에 확신을 갖고 살아갈 수 있게 된다.

"저는 발달장애를 갖고 있어요. 저 같은 사람들도 똑같은 권리를 가지고 살아갈 수 있다는 사실을 알리기 위해 '피플 퍼스트'[4] 활동을 하고 있죠. 그래서 발달장애인의 어려움에 대한 얘기를 많이 듣는데, 취업 때문에 힘들어하는 사람이 많아요. 예를 들어 바리스타가 되고 싶은데 일자리가 없어서 그냥 청소 일을 하는 식이죠.

우리 사회는 발달장애인에 대해 얼마나 알고 이해하고 있을까요? 몇 해 전 겨울에 인권교육을 하러 경찰서에 간 적이 있었는데 제가 만난 경찰들도 발달장애인을 만나본 적이 없다고 하더라고요. 그래서 최근에 그런 일도 일어났잖아요. 신고 받고 출동한 경찰이 발달장애인에게 강제로 수갑을 채운 사건이요." (송지연)

인권교육 현장에서 만난 경찰들로부터 발달장애인을 만나본 적이 없다는 얘기를 들었을 때 송지연 님은 큰 충격을 받았다. 경찰이면 누구보다도 다양한 사람들을 만났을 것 같은데 거기에도 발달장애인이 없었으니까 말이다. 장애인과 비장애인이 완벽하게 분리되어 살아가고 있다는 사실이 새삼스레 실감되었다.

그가 말한 사건의 전말은 이렇다. 이웃집에서 강아지가 심하게 짖는다며 누군가 동물학대 의심 신고를 해서 경찰이 출동했는데, 문을 열어준 사람에게 발달장애가 있다는 것을 모르고 바닥으로 내동댕이치며 수갑을 채운 일이 있었다. 낯선 사람들이 갑자기 집에 들이닥치는 바람에 흥분한 발달장애인을 강제로 제압해버린 것이다. 경찰관들은 상대의 장애를 알아차리지 못했다. 발달장애에 대한 이해가 전혀 없었던 탓에 상대의 거부반응을 '비협조적 행위'로 받아들였던 것이다. 살아오는 동안 학교나 동네에서 장애인을 만나본 적이 없으니, 대화가 잘 통하지 않으면 일단 위험한 사람으로 간주하고 보는 것이다.

만약 상대가 발달장애인임을 알아차렸더라면 어땠을까? 차분하게 대화를 시도해가며 진정시켰다면 수갑 없이도 충분히 해결할 수 있었을 사건이었다.[5]

우영우를 현실에서 만날 수 없는 이유

장애 학생은 특수학교에 다니는 것이 오히려 편하지 않을까? 어차피 일반학교에 다녀도 특수학급이나 통합반이라는 교실에 따로 모여 있고, 어쩌다 일반학급에 들어가도 존재감을 잃기 쉬우니까 말이다. 윤영도 특수학교를 그만두고 일반학교에 가서 엄청 힘들지 않았던가.

이 문제에 답하려면 근본적인 질문에서 출발해야 한다. "학교는 대체 왜 다니는 것일까?" 별 생각 없이 그냥 의무감에서 다닐 수도 있고, 급식 먹는 재미로 다닐 수도 있고, 준우처럼 친구들과 게임에 대한 수다를 떨고 싶어서 다닐 수도 있다. 그러니까, 공부만 하러 학교에 가는 건 아니라는 얘기다.

학교에서 우리는 많은 사람들을 만난다. 눈이 둥글거나 세모난 사람, 목소리가 낮거나 높은 사람, 성격이 급하거나 느린 사람. 눈빛만 봐도 통하거나 도무지 안 통하는 사람…. 나랑은 뭐가 달라도 다른 사람들이다. 때로 그 '다름'이 내 마음에 안 들 수도 있지만, 그렇다고 죽어도 못 받아들일 정도는 아니다. 학기가 끝날 때쯤에는 A가 어떤 친구고 B는 또 어떤 친구인지, 아이들이 저마다 지닌 고유함에 익숙해져 있기 마련이다. 세상에는 다양한 사람이 존재한다는 것, 다들 그렇게 각자의 모습대로 살아간다는 사실을 저절로 배우게 되는 것이다.

그런데 그중에 장애를 가진 사람이 하나도 없다면 어떨까? 내가 축적해온 데이터베이스에는 '장애인'에 대한 항목이 텅 비어 있을 것이다. 이런 상태에서 어느 날 갑자기 장애인을 만난다면 나는 과연 얼마나 자연스러울 수 있을까?

이 책을 쓰는 동안 드라마 〈이상한 변호사 우영우〉가 엄청난 인기였다. 윤영과 준우도 무척 인상 깊게 보았기 때문에 드라마 속 장면 몇 개를 떠올려보려 한다.

극중에 권민우라는 변호사가 등장한다. 다소 극단적이긴 하지만 성공을 위해 누구보다 열심히 노력하는 캐릭터다. 그러나 장애인과의 접점은 없었던 모양이다. 자폐스펙트럼 장애를 가진 우영우 변호사가 같은 로펌에 입사하자 줄곧 의심의 눈초리로 우영우를 살핀다. 처음에는 자격에 대한 의심이었다. 장애가 있으니 업무 능력에도 당연히 문제가 있을 거라 여겼다. 분명한 편견이다.

그러나 우영우는 금세 편견이 와장창 깨질 정도로 독보적인 활약을 펼치기 시작한다. 약간 생소한 방식이긴 해도 법적 다툼의 중요한 실마리를 기어이 찾아내고 만다. 동료와 선배들도 차츰 우영우의 실력을 인정하는 분위기다. 그러자 권민우는 이번엔 공정성을 의심하기 시작한다. 그는 이렇게 말한다.

"우영우는 우리를 매번 이기는데 정작 우리는 우영우를 공격하면 안 돼. 왜? 자폐인이니까!"

그는 우영우가 장애인이라서 배려 받고, 그 덕분에 강자가 된다고 믿었다. 자신이 경쟁에서 뒤쳐질까 두려움마저 느낀다. 그동안 우영우가 받아왔던 차별과 배제의 순간들은 전혀 알지 못한 채 말이다.

동료 변호사인 최수연의 생각은 다르다. 우영우의 입사 과정에 의혹이 불거지기 시작했을 때도 우영우를 지지한다. "네 성적으로 아무 데도 못 가는 게 차별이고 부정이고 비리야!"라며 동료들을 향해 보란 듯이 소리친다.

최수연은 우영우와 함께 로스쿨에 다녔다. 우영우가 회전문 앞에서 머뭇거리거나 강의실을 못 찾아 헤맨다는 것을 안다. 휴강 여부나 시험 범위처럼 시시각각 바뀌는 정보를 따라잡는 게 버겁다는 것도 안다. 동기들의 놀림과 따돌림 속에서 묵묵히 학교생활을 이어왔다는 사실도 알고 있다. 최수연에게 우영우는 우영우일 뿐이다. 권민우에게 우영우는 자신에게 손해를 끼치러 온 괴상한 이방인이었지만, 최수연에게는 그저 남들과 똑같은 동료였던 것이다.

학교를 함께 다닌다고 해서 모두 최수연처럼 생각할 수는 없다. 여기서 주목해야 할 점은 최수연이 우영우에 대해 일부러 알려고 한 적이 없다는 사실이다. 함께 생활하는 동안 우영우의 모습이 최수연의 눈에 자연스레 담겼다는 게 중요하다.

학교에서 장애인을 볼 수 없으니 만들어진 수업이 있다. 바로 '장애 체험 수업'이다. 전혀 그럴 필요가 없는 비장애인들이 시각장애인용 지팡이를 들거나 휠체어에 올라타는 식이다. 그런데 장애인인 윤영이 보기엔 세상에 이처럼 괴상한 수업이 없다.

최근에는 이런 체험이 비장애인들의 인식 개선에 정말로 효과가 있는 것인지 의구심을 품는 사람들이 늘었다. 덕분에 점차 줄어드는 추세지만, 아직도 많은 유치원과 학교에서 학년마다 진행되곤 한다. 가만히 앉아서 설명을 듣는 게 아니고 몸을 움직이는 체험 방식이라 반응이 좋다는 이유에서다. 학생들에게는 일종의 놀이처럼 여겨지기도 한다.

…눈 가리고 지팡이에 의지해 걸어 다니다 칠판에 부딪히면 친

구들이 다 같이 웃음을 터트린다. 휠체어 방향 조절이 힘들어 벽에 부딪힌 뒤엔 마치 놀이동산 범퍼카를 타다 구석에 몰렸을 때처럼 힘으로 그 상태를 벗어나려 휠체어를 들썩인다.

(「장애인의 불편함을 '체험'하다?」, 한겨레21, 2021. 10. 02)

그러나 세상의 어떤 장애인도 칠판에 부딪혔다고 웃거나 힘으로 휠체어를 들썩이지 않는다. 장애가 누군가의 놀이가 되는 순간, 장애를 가진 제 몸이 우스꽝스러워졌다. 윤영은 장애 체험을 볼 때마다 심한 모욕감을 느낀다.

장애인식 개선에 도움이 되기는 할까? 딱히 그렇지도 않다. 초등학교 두 곳에서 장애 체험을 하기 전과 후를 비교한 논문이 있다. 이 자료에 따르면 교육 전에는 307명(78.3%)이 장애인이란 '몸이 허약한 것'이라고 생각했는데 교육 후에는 285명(71.7%)으로 줄었다. 또한 교육 전에는 231명(58.9%)이 장애인에 대해 '창피하다'고 느꼈는데 교육 후에는 176명(44.9%)만이 그렇다고 답했다고 한다.[6] 교육 후 부정적 답변이 약간 줄었지만 그다지 유의미한 결과는 못 된다. 뒤이은 학생들의 감상평을 살펴보자.

"저는 장애 없이 태어나서 감사하다고 느꼈어요"

"장애인으로 낳지 않은 부모님에게 감사하다는 생각을 가지게 되었어요."

이 감상평이야말로 장애 체험의 효과가 얼마나 형편없는지 분명하게 보여주는 대목이다. 서로의 입장에 대해 진정으로 이해하게 되었다면 이런 감상평은 나올 수가 없기 때문이다. 이걸 바꿔 말하면, 장애인으로 태어나면 불행하고 장애아를 낳은 부모는 평생 자식에게 미안해야 한다는 뜻이 된다. 장애 당사자와 가족들이 이런 소감을 듣는다면 어떨까? 그들에겐 너무나도 뼈아픈 이야기가 될 것이다.

장애 체험은 장애인들이 이렇게나 불편하게 살며 나와는 전혀 다른 존재라는 것을 비장애인에게 다시 한 번 새겨줄 뿐이다. 수업의 목표였던 장애인식 개선은 이뤄지지 않는다. 애초에 한두 시간의 '체험'으로 해결될 문제가 아니기 때문이다.

어느 학교에서는 '장애인 이동권'을 주제로 토론 수업을 했다고 한다. 수업에 참여한 학생들 중 일부는 장애인이라면 어쩐지 특수학교에 다니고, 특수 실계된 차량을 이용하며, 특수한 직업을 갖게 될 것 같다고 했단다. 장애가 있으니 장애인들만 다니는 학교에 가야 하고, 휠체어나 목발 또는 지팡이를 사용하니까 리프트가 달린 전용 버스를 타야 하며, 장애인이 할 수 있는 일이나 갈 수 있는 회사가 따로 정해져 있다고 생각한 것이다.

몇몇 학생들은 자신이 타는 일반 버스에 장애인이 타는 것은 경제적으로 비효율적이라고 주장했다. 리프트가 달린 저상버스로 바꾸려면 세금이 들어가고, 장애인 승객이 탑승하려면 시간이 더 많이 걸린다는 이유에서였다. 아예 장애인 버스를 따로 운행하자는 제안까지 했다고 한다.

언뜻 매우 합리적인 제안처럼 들린다. 그러나 자세히 들여다보면 장애인과 비장애인의 구분을 더욱 확고하게 하자는 주장이다. 장애인만 따로 타는 버스를 전 노선에 배치하려면 훨씬 많은 세금이 필요할 테니 실현 가능성도 희박하다. 장애인만 다닐 수 있는 회사는 또 어떤가. 특수한 직업이나 회사? 그런 것은 애초에 존재하지 않는다.

그렇다고 토론에 참여한 학생들을 탓할 수는 없다. 수업을 진행했던 교사에 말에 의하면, 이 학생들은 장애인을 실제로 만난 적이 없고 TV에서 본 장애인이 다였다고 한다.[7] 요즘도 일부러 기회를 만들어 장애인식 개선 수업을 하지 않으면 장애 학생을 좀처럼 만날 수 없다. 그러니 학생들의 무심한 반응은 어쩌면 당연한지도 모른다.

학창시절의 준우가 그랬듯, 그들 역시 '장애인은 왜 먼 곳으로 학교에 다니고, 집이 아닌 시설에 살아야 할까?'라는 질문을 떠올려볼 수 없었을 것이다. 그들에게 장애인은 특수한 어딘가에 따로 존재하는 사람들이기 때문이다. 이런 생각이 견고해질수록 장애를 가진 사람들은 사회에 나오기가 어렵다. 우영우 같은 사람을 현실에서 만날 수 없는 이유다.

"분리하거나 따로 있어야 하는 게 아니고 유치원부터 당연히 같이 있어야 할 사람으로 여기는 게 필요해요. 그래야 이런 문화가 바뀌거든요. 어릴 때부터 학교와 동네에서 매일 만나야 해요. 근데 지금까지 따로따로 살다가 그냥 눈앞에 '척!' 이렇게 만나니까, 낯설고 무섭게 생긴 사람이 딱 떨어진 것처럼 보이잖아요." (우진아)

장애인이 더 많은 세상이라면

어느 비장애인 취업준비생의 일기

세상이 말세다. 대한민국 헌법 32조 1항에 "모든 국민은 노동의 권리를 가진다"고 나와 있지만 나는 그 권리를 가져본 적이 없다. 내가 대한민국 국민이 맞는지, 이 나라가 나를 국민으로 인정하고 있는지 의심스럽다.

일자리 포털을 문이 닳도록 드나들어도 이력서를 넣을 곳이 별로 없다. 수십만 개의 일자리가 등록되어 있지만 '비장애인' 항목을 체크하는 순간 그 수가 기하급수적으로 줄어든다. 비장애인 취준생에게 너무나 암담한 현실이다.

얼마 전에는 오랜만에 면접을 치렀다. 장애 여부를 묻는 항목이 아예 없어서 혹시 회사 측의 실수가 아닌가 싶었지만, 그래도 일단 이력서를 넣어봤다. 다행히 며칠 뒤에 연락이 왔다. 서류는 합격이니까 면접을 보러 오라는 것이었다.

아침에 30분 일찍 도착했는데 대기실에 의자가 없었다. 전 직원이 휠체어를 사용하기 때문에 의자가 필요 없는 것 같았다. 멀뚱멀뚱 서 있기가 좀 그래서 로비의 카페로 갔다. 내 또래의 발달장애인 바리스타가 바쁘게 움직이고 있었다. 부러웠다. 나도 저렇게 일하고 싶다. 비장애는 죄가 아니다. 단지 하나의 핸디캡일 뿐이다!

30분 후 면접실로 들어섰다. 면접도 나 혼자만 서서 봐야 했다. 다들 휠체어에 앉아 있는데 나만 우뚝 솟아 있으니, 시선을 사로잡기는 했지만 뭔가 어색하다. '왜 저런 친구가 왔지?' '누가 불렀어?' 면접관들의 눈빛과 표정이 그렇게 말하고 있다.

"기왕 오셨으니 얘기나 해봅시다. 우리 회사에는 의자가 없어요. 만약 입사한다면 비장애인이 당신 하나인데, 한 사람 때문에 휠체어 동선을 가로막는 의자를 사기도 그렇고…."

"그렇다면 제 의자는 제가 사겠습니다."

"돈 때문이 아니고 남들에게 피해를 줄까봐 그러는 거예요."

"접이식 의자를 사서 외출할 때마다 구석에 접어놓겠습니다. 아니, 그냥 의자를 들고 출퇴근하겠습니다. 동료들에게 민폐를 끼치는 일이 절대 없도록 하겠습니다."

자신감 있는 태도로 좋은 이미지를 남겼다고 생각했다. 집으로 오는 길에 문자를 받았다.

- 귀하는 만장일치로 탈락하셨습니다.

이유도 설명하지 않고 달랑 한 줄이라니! 그 뒤로도 이력서를 몇 번 더 넣었지만 면접을 보러 오라는 연락은 없었다. 슬프다. 비장애인 취업 커뮤니티에 들어가보면 비슷한 처지의 사람들이 한둘이 아니라는 게 그나마 작은 위로가 된다.

일정 규모 이상의 기업은 비장애인을 의무적으로 고용해야 한다는 법률이 있긴 하지만 그런 건 있으나마나다. 비장애인을 채용하느니 차라리 벌금을 내겠다는 회사들이 대부분이기 때문이다.

운 좋게 취업해도 끝이 아니다. 장애인 위주로만 굴러가는 회사 분위기 때문에 힘들다는 사람도 많기 때문이다. 청각장애인 회사에 들어간 비장애인은 수어를 잘 몰라서 몇 달간 묵언수행을 하다가 결국 뛰쳐나왔다고 한다. 시각장애인 회사에 들어갔다가 모든 문서가 점자로 되어 있어서 하루 만에 퇴사했다는 사람도 있었다.

더불어 사는 사회가 되려면 비장애인을 위한 배려가 필요하지만 우리 사회는 아직 준비가 미흡하다. 혹시 준비를 할 마음 자체가 없는 건 아닐까? 그냥 비장애인이 무작정 싫은 건 아닐까 싶다.

현실은 어떨까?

2021년 장애인 경제활동 실태조사에 따르면 장애인의 고용률은 34.6%, 실업률은 7.1%다. 전체 인구의 고용율이 61.2%고 실업률이 4.0%인 것과 비교하면 장애인구의 고용률은 절반 수준이고 실업률은 2배 가까이 높다. 장애인 노동자의 3개월 평균임금은 189.4만원으로 전체 인구 월평균 임금인 273.4만원의 70% 정도밖에 받지 못한다. 〈장애인 고용촉진 및 직업재활법〉이 있긴 하지만 의무고용을 회피한 채 벌금으로 때우는 회사들이 많다.

그래도 만난 우리

불편한 시선들

"똑같은 사람끼리 만날 것이지!"

설레는 주말이다. 좋아하는 사람과 데이트를 앞둔 윤영의 행복지수는 최고조! 집을 나서는 발걸음마저 경쾌하다. 아니, 굴러가는 휠체어 바퀴가 경쾌하다.

사실 둘은 오늘 약속을 잡으며 조금 옥신각신했다. 서로 상대방 근처까지 가겠다고 줄다리기하느라 결론이 쉽게 나지 않았기 때문이다. 결국 타협을 본 곳은 강남이었다. 조금이라도 빨리 만나고 싶어서, 딱 중간 지점인 그곳에서 만나기로 한 거다. 둘 다 지하철을 타고 왔기 때문에 만남의 장소는 자연스레 환승 통로가 되었다. 보자마자 반갑게 인사하고 엘리베이터를 함께 탔다.

잠시 후, 스르르 닫히던 문이 다시 열리더니 새하얀 백발을 깔끔하게 빗어 넘긴 노신사가 들어왔다. 그는 먼저 윤영을 위아래로 샅샅이 훑어보았다. 마치 물건에 가격을 매기는 듯한 눈빛! 이번엔 준우를 쳐다보며 다짜고짜 "어떤 관계야?"라고 묻는다.

둘은 노신사를 지금 막, 이 자리에서 처음 만났다. 말 그대로 완전한 타인이었다. 준우는 대답을 해야 하나 말아야 하나 잠깐 망설였지만, 동방예의지국에서 교육받은 청년이다 보니 어른의 말씀을 무시할 수 없었다.

"애인인데요?"

대답을 듣자마자 노신사의 눈빛이 한순간에 돌변하는 것을 윤영은 보았다. 그가 인상을 잔뜩 찌푸리고 언성을 높여가며 준우를 꾸짖는다.

"뭐라고? 부모님 가슴에 못 박히게 너 지금 뭐하는 거야? 똑같은 사람끼리 만나야지."

지금까지 둘 사이를 '가족' 또는 '활동 지원사와 이용자'라고 미루어 짐작해 말을 걸어오는 사람들은 많았다. 그러다가 자기 생각이 편견이었고 틀렸다는 것을 알게 되면 머쓱해하며 돌아서곤 했다. 하지만 이런 사람은 처음이다. 노신사의 가당찮은 불호령에 둘은 너무 놀라 말문이 막혔고, 준우는 "허허" 하고 실소했다. 그러자 노신사는 "웃어? 다 너를 걱정해서 하는 말이야"라며 벌컥 화를 냈고, 엘리베이터 문이 열리자 아무 일도 없었다는 듯 유유히 그 자리를 떠났다.

겨우 1~2분 남짓한 짧은 시간 동안 일어난 일이었다. 그러나 두 사람이 마음을 진정시키는 데는 한참의 시간이 더 필요했다.

준우의 주변에도 그렇게 말하는 사람이 있긴 했다. 윤영과 사귀기로 했을 때 지인들로부터 "멀쩡한 사람끼리 만나도 힘든 세상인데 괜찮겠니?"라는 말을 종종 들었다. 그때마다 마음은 불편했지만 준우가 얼마나 윤영을 좋아하는지, 윤영이 준우에게 어떤 영향을 주는 사람인지 얘기하다 보면 걱정은 이내 응원으로 바뀌었다. 준우가 의지할 수 있는 단단한 마음을 가진 사람! 윤영은 준우에게 그런 존재였다.

그러나 이번은 달랐다. 노신사에게 준우는 아무 말도 할 수 없었다. 상대의 공격이 그만큼 강력했고 미처 마음의 준비를 할 새도 없었기에 그저 헛웃음이 나올 뿐이었다. 준우는 길에서 처음 만난 사람에게 윤영의 존재를 설명할 필요를 느끼지 못했다. 아마 상대도 이해할 생각이 전혀 없었을 것이다. 욕이라도 퍼부으면 좀 나았겠지만 막상 그 순간엔 어질어질 정신을 차리지 못했다. 간신히 마음을 가다듬었을 때는 노신사가 이미 저만큼 사라져버린 뒤였다.

노신사에게 꾸지람, 혹은 공격을 당한 것은 준우인 것처럼 보였지만 윤영에게 가해진 충격도 상당했다. 자신이 마치 걸러져야 할 '잘못된 사람'인 것처럼 존재를 부정당하는 모멸감을 느꼈기 때문이다. 한참 뒤에야 윤영은 아무 말도 못한 것이 억울하다고 느꼈다. 설레었던 데이트가 그렇게 산산조각이 났다.

이 사건은 두 사람에게 큰 충격을 안겼다. 노신사의 말이 매우 노골적인 멸시를 담고 있었기 때문이다. 그가 생전 처음 보는 이들에게 그렇게 심한 말을 거리낌 없이 할 수 있었던 것은 장애인과 비장애인이 애초부터 다른 존재라는 그릇된 믿음 때문이다. 장애가 있는 사람은 뭔가 부족하고 열등한 존재이기 때문에 장애가 없는 사람과 동등할 수 없다고, 그래서는 안 된다고 굳게 믿는 것이다.

그래야 그의 말과 행동이 설명된다. 사지가 멀쩡한데 왜 저런 여자를 만나냐는 식의 막말을 낯선 청년에게 서슴없이 내뱉는 것은 단순한 오지랖이 아니다. 일종의 신념이다. 노신사는 아마도 자기에게 그럴 권한이 있다고 믿었을 것이다.

부모 같은 마음으로 준우를 따끔하게 혼내줬으니, 어른의 책임을 다한 것 같은 뿌듯함을 느꼈을지도 모르겠다.

그 노신사는 장애인과 비장애인이 데이트를 하는 장면을 본 적이 없었을 것이다. 모든 인간이 똑같이 존엄하지 않았던 뒤틀린 시절을 살아온 그에게 장애인은 불행하고 미천한 존재일 뿐이었다. 그런 생각이 단단하게 굳어 고정관념이 되었고, 오늘의 그를 만들었다. 그래서 불안했을 것이다. 자신이 알던 세계에서는 대단히 잘못된 일이 눈앞에서 벌어지고 있었기 때문이다. 머지않아 불행에 빠질 게 뻔한 준우를 구하려면 장애인을 '정상인'과 분리해서 둘의 관계를 바로잡아야 한다고 결심한 것이다. 윤영만이 가지고 있는 존재의 가치, 노력, 특성, 장점은 깡그리 무시되고 말았다.

언제까지 나를 설명해야 하나요?

나른한 오후. 바쁘게 울려대는 휴대폰을 열어보는 윤영의 입가에 미소가 번졌다. 출판사로부터 온 연락이었는데, 준우와 함께 썼던 유럽 여행 에세이 『너와 함께한 모든 길이 좋았다』(뜨인돌, 2018)가 어느 지역의 북 콘서트 대상으로 선정

되었다는 희소식이었다. 그냥 책만 소개하는 게 아니고 둘을 초대해서 '독자와의 만남'까지 갖겠다고 한다. 졸렸던 눈이 번쩍 뜨이면서 심장이 '쿵!' 하고 울렸다.

독자와의 만남 같은 건 정말 대단한 작가들이나 하는 거라고 생각했다. 관객들에 둘러싸여 우아하게 대화를 주고받는 장면은 상상 속에서나 가능한 줄 알았는데, 조금 있으면 그 엄청난 일이 실제로 일어날 참이었다!

곧바로 행사 담당자와 통화를 했다. 날짜와 시간을 맞추고 장소도 안내받았다. 대화는 매끄러웠고 모든 것이 순조로웠다. 윤영은 생각했다. 무수히 많은 책들 중에 우리 책을 고른 사람들이라면 내가 장애인이라는 것, 전동휠체어를 사용하고 있다는 것쯤은 알고 있겠지? 그러면서도 버릇처럼 이런 말이 튀어나왔다. "저는 휠체어를 사용하고, 경사로가 필요하고, 장애인 화장실도 있어야 해요. 아시죠?"

그러고는 혼자 고개를 가로저었다. 괜한 소리를 한 건 아닌지, 혹시 자신이 유별난 인간으로 여겨지진 않았을지 살짝 걱정이 되었기 때문이다.

'이 기쁜 소식을 준우에게도 알려야지!' 윤영이 휴대폰을 집어들었다. 그런데 조금 전의 그 담당자에게서 다시 전화가 왔다. 첫 번째 통화와는 전혀 다르게 목소리가 푹 가라앉아서 같은 사람이 맞나 싶을 정도였다.

"장소가 오래된 건물이라 입구부터 계속 계단이 있어요. 어떡하죠?"

"네? 그러면… 담당자님이 방법을 찾아보셔야 하는 거 아닌가요?"

윤영은 당황스러워 몇 초간 말을 잇지 못했다. 부탁한 적도 없는 생일 파티를 열어주겠다며 호언장담하던 친구가 생일 전날 갑자기 장소가 마땅찮아 못 하겠다고 통보하는 것처럼 들렸다. 장애를 가진 작가를 초대하면서 건물 안에 들어갈 수 있는지 없는지조차 확인하지 않았다는 사실이 몹시 실망스러웠다.

제일 먼저 든 생각은 이런 것이었다. '뭐야, 우리 책을 읽어보지도 않고 초대한 거야?' 그도 그럴 것이, 책 속에는 전동휠체어를 타고 계단 앞에서 쩔쩔맸던 경험담이 한가득이었기 때문이다. 만약 윤영이 "휠체어를 사용하고, 경사로가 필요하고, 장애인 화장실도 있어야 해요"라고 미리 말하지 않았다면 어떤 일이 벌어졌을까? 생각만 해도 아찔했다. 아무래도 이런 구구절절한 설명은 영원히 계속되어야 할 것 같다. 윤영은 깊은 한숨을 내쉬었다.

통화가 거듭될수록 윤영은 담당자의 무신경한 태도에 질려버렸다. 그런데도 이상하게 오기가 생겼다. 이제 와서 그만두고 싶지 않았다. 장애인과 함께 프로젝트를 진행할 기회가 얼마나 없었으면 이런 터무니없는 실수를 할까 싶기도 했다. 그러고 보면 이번 일은 담당자 한 사람의 잘못이 아니었다. 세상 대부분의 작가들은 장애가 없는 사람들이고, 여태까지 비장애 작가들만이 쉽게 북 콘서트를 열 수 있었다는 사실을 깨달았다.

그래서 윤영은 멈추지 않기로 결심했다. '윤영'이라는 문제를 담당자와 팀원들에게 출제하기로 한 것이다. 그들이 직접 문제를 풀어준다면 이번 일을 경험 삼아 다른 장애인 작가들과도 좀 더 수월하게 행사를 치를 수 있을 터였다. 책을 펴냈던 출판사 직원들도 적극적으로 나서주었고, 두 사람은 결국 성공적으로 독자들과 만날 수 있었다.

어떻게 그런 일이 가능했을까?

일단 장소가 바뀌었다. 입구에 경사로가 있는 건물로 행사장을 옮긴 것이다. 계단만 있고 경사로가 없던 무대에는 커다란 리프트를 설치했다. 그 리프트는 TV 가요 프로그램에서 가수들이 등장할 때 바닥에서 무대 위로 스르르 올라오게 해주는 장치와 비슷했다. 윤영과 준우는 그걸 타고 무대에 올랐고, 그곳에서 독자들과 만났다.

윤영은 북 콘서트가 이렇게 재미있는 이벤트라는 걸 처음 알았다. 그래서 책에서 하지 못했던 이야기들을 줄줄이 늘어놓기 시작했다. 하다 보니 온갖 시시콜콜한 이야기들까지 다 해버렸지만, 아무튼 무사히 그리고 행복하게 북 콘서트를 마칠 수 있었다.

윤영과 준우 둘뿐이었다면 이번 일을 해결하기가 쉽지 않았을 것이다. 윤영의 입장을 섬세하게 대변해준 출판사 직원들이 있었고, 처음 맞닥뜨린 어려운 문제였지만 포기하지 않고 잘 풀어준 행사 담당자가 있었기에 가능했다. 세상에는 이렇게 많은 사람의 공감과 행동이 있어야만 가능한 일들이 엄청 많았다.

"법 없이도 살 사람이네"

책을 낸 뒤에 두 사람은 운 좋게 여러 방송 매체에 출연했다. 그중에서도 어느 지상파의 교양 다큐 프로그램이 특히 기억에 남는다. 카메라에는 전주를 여행하는 윤영과 준우의 모습이 담겼다. 식도락가인 둘은 이런저런 맛집들을 향해 마음을 활짝 열었지만, 이곳의 지형지물은 사정을 전혀 봐주지 않았다.

첫 번째로 들렀던 전주의 명물 피순대집부터 커다란 턱이 휠체어를 가로막았다. 늘 그래왔듯 준우가 먼저 가게로 들어가 메뉴판을 보고 왔다. 그는 조금 엉거주춤한 자세로 윤영에게 눈을 맞추며 어떤 종류의 순대가 있고 가격은 얼마인지 알려주었다. 그러면 윤영이 맘에 드는 메뉴를 고르고 테이크아웃을 제안했다. 준우가 포장하러 가게에 들어가고 나면 윤영은 덩그러니 혼자 남아 그의 뒷모습을 눈으로 쫓았다.

점심으로 정했던 물짜장도 마찬가지였다. 휠체어가 들어갈 수 있는 물짜장집을 찾지 못했기 때문에 윤영은 어쩔 수 없이 준우에게 안겨 들어가는 것을 택했다. 휠체어가 아닌 자리에 앉아 있자니 어색하기도 하고 음식을 기다리는 것도 지루해서, 둘은 뜬금없이 가위바위보를 시작했다. 진 사람이 딱밤을 맞았는데 판이 거듭될수록 서로에게 약이 오른다. 테이블을 중간에 두고 으르렁거리기 직전에 다행히 물짜장이 나왔다. 식사는 즐거웠고 봄바람은 살랑였다.

이 모든 장면들은 카메라에 담겨 방송으로 나갔다. 일 년쯤 지났을 무렵, 둘은 그 영상에 수많은 댓글이 달린 것을 알았다.

ㄴ 남자분 얼굴 보니 법 없이도 살 사람이네.

ㄴ 남자분 진짜 인성 좋아 보이신다.

ㄴ 저런 남자가 진짜로 세상에 있구나….

노골적인 악플은 거의 보이지 않았다. 선의를 가진 따뜻한 댓글들이 줄줄이 이어졌다. 그러나 스크롤이 계속될수록 윤영과 준우의 마음도 무겁게 내려앉았다. 윤영이 묻는다. "읽기 불편하다고 솔직하게 말하면 사람들은 뭐라고 할까?" 대부분이 당혹스러워할 것 같아 준우 역시 솔직해지기가 쉽지 않다.

방송을 보고 좋은 마음으로 칭찬과 응원의 댓글을 남긴 것뿐인데 뭐가 문제였을까? 방송 끝 무렵에 준우가 했던 말에 실마리가 있다.

"장애가 있음에도 불구하고 둘이 좋은 관계를 맺고 사랑을 한다? 그런 말은 이제 싫습니다. 우리가 특별함으로 포장되지 않았으면 좋겠어요."[8]

사실 윤영과 준우는 그 말이 하고 싶어서 방송에 나갔다. 그냥 "이런 모습의 이웃이 있다"고 TV에 나와 말하면 많은 사람들이 볼 것 같았다. 그러면 사람들에게 윤영의 존재가 아무렇지도 않아져서, 둘이 함께 길을 갈 때 한 사람도 안 쳐다볼 것 같았기 때문이다.

하지만 댓글을 본 순간 둘은 계획이 실패했다는 것을 알았다. 저 수많은 글들이 가리키고 있는 방향은 여전히 '편견'이었기 때문이다. 맞는지 틀리는지 따져보지도 않고 막연히 '그럴 것이다'라고 믿어버리는 그 감정 말이다.

댓글들에는 공통점이 있었다. 그건 바로 '장애인은 도와줘야 한다'라는 편견에 기초하고 있다는 점이다. 윤영은 장애인이니까 당연히 도움이 필요할 것이고 준우는 그런 윤영을 위해 기꺼이 희생하는 사람이라는 것! 그래서 준우를 향한 찬사로 댓글이 도배되는 것이었다.

사실 이런 일은 비일비재했다. 준우는 취업 면접에서도 편견을 경험했다. 어떻게든 면접관의 기억에 남고 싶어서 윤영과 45일 동안 다녀온 유럽 여행 이야기를 했더니 "그럼 자네가 한 달간 여기저기 데리고 다녔겠구먼. 대단하네"라는 반응이 돌아왔다. 준우는 당황했다. 자기는 윤영과 함께 여행을 했을 뿐, 데리고 다닌 적은 없었기 때문이다.

사람들의 편견을 좀처럼 깨트릴 수 없는 이유는 피순대집의 높은 턱과 물짜장집의 계단에도 있었다. 평소 장애에 대해 고민해볼 기회가 적었던 사람은 이 장면에서 턱과 계단이 문제라는 생각을 하기가 어렵다. '거봐, 장애인은 옆에서 도와줘야 한다니까'라는 편견을 더욱 굳힐 뿐이다. 휠체어가 갈 수 없는 턱과 계단! 이런 물리적 장벽들이 윤영을 덜 인간답게 만들었다는 사실은 눈치 채지 못한다. 만약 순대집에 턱이 없었다면 윤영은 덩그러니 앉아 기다리지 않았을 거고, 물짜장집에 계단이 없었다면 굳이 준우가 윤영을 안을 일도 없었을 것이다.

높은 턱과 계단은 윤영의 존재를 흐릿하게 만드는 동시에 준우를 착하고 특별한 존재로 부각시켰다. 애초에 편견이 있던 사람들이라면 그 생각이 더욱 단단해졌을 장면이다.

윤영으로서는 굳이 이런 부연 설명까지 덧붙이고 싶지 않았지만, 자신의 존재가 하루빨리 아무렇지도 않게 되길 바라기 때문에 용기를 내서 말해본다. 윤영과 준우가 함께 장을 보러 가는 상황을 상상해보자. 둘에겐 각자의 역할이 있다. 윤영은 사야 할 식재료를 한눈에 선별할 수 있기 때문에 구매 품목을 결정하는 사람이 된다. 준우는 센 힘과 큰 키로 높이 있는 물건을 집어 카트에 넣고 끌고 다닌다.

준우는 누군가에게 묻거나 부탁하는 일을 좋아하지 않고 잘하지도 못한다. 하지만 윤영은 말을 조리 있게 하고 정확하게 의사를 표현할 줄 안다. 그래서 준우가 자취방을 구할 때도 윤영이 부동산을 소개해주고, 집을 함께 봐주고, 서류를 꼼꼼히 검토한 후에 계약을 허락했다. 이런 일이 생기면 준우는 늘 윤영에게 의존한다.

둘은 이렇듯 서로에게 의존하고 서로를 돌봐준다. 여기서 장애 여부는 아무런 의미가 없다. 그저 각자 잘할 수 있는 일들을 나눠 맡고 있을 뿐이다.

사실 방송 후에 두 사람은 악플보다 무섭다는 무플을 원했다. 둘의 관계에 대해 굳이 듣고 싶은 말이 없었기 때문이다. 오히려 '저런 당연한 소리를 왜 저렇게 진지하게 하나'라는 생각을 사람들이 가졌으면 했다.

그래서 착한 댓글을 보면서도 전혀 기쁘지 않았다.

우린 왜 멈추지 못할까

지하철을 탔다. 아마 장을 보러 가는 길이었을 거다. 자리에 앉지 못한 준우는 윤영 옆에 섰다. 다음 역에서 교복을 입은 학생 셋이 탔다. 출입문 하나를 사이에 두고 휠체어를 탄 여자와 그 옆에 서 있는 남자, 그리고 세 명의 무리. 모두 같은 통로에 서 있었다.

차가 출발하자마자 셋 중 한 명이 장난스럽게 털썩 바닥에 앉았다. 그러자 다른 한 명이 "야, 장애인이냐? 일어나 병신아" 한다. 셋은 함께 깔깔거렸다. 장애인! 한때는 '불구자'나 '병신'으로도 불렸던 윤영이 불과 몇 걸음 옆에 있었다. 윤영의 머릿속은 뒤죽박죽 회오리쳤지만 그들은 윤영을 두고 한 말이 아니니까 괜찮다고 생각하는 것 같았다.

"장애인이냐?"라는 그 학생의 표현에는 어딘가 어긋난 행동을 하는 사람, 다리를 쓰지 못하는 사람, 하찮은 사람이라는 의미가 담겨 있다. 장애인에 대한 편견을 노골적으로 드러내고 강화시키는 이런 말들, 정말 괜찮을까?

혐오 표현은 강한 자의 입에서 시작돼 약한 자로 향한다고 한다. 그 말이 딱 들어맞는 상황이었다. 그들은 윤영을 콕 찍어서 말한 게 아니라고 항변하겠지만 윤영에겐 절대적인 영향력을 행사했다. 그 공간에서 가슴이 '푹' 찔리는 느낌을 받은 건 오직 윤영뿐이었으니까. 그들은 "장애인이냐?"라는 말을 내뱉기 전과 그 뒤가 똑같았지만 윤영은 그렇지 못했다. 수치심을 느꼈고, 아무것도 하고 싶지 않은 극도의 무기력을 느꼈다. 일종의 억압 상태에 빠진 것이다.

장애인을 비하한다고 해서 그들이 눈총을 받거나 공격당할 일은 없었다. 약한 사람은 불안함을 느끼지만 강한 사람에겐 아무 일도 일어나지 않는 것! 그것이 특권이다.[9] 그들은 지금 윤영 앞에서 특권을 누리는 중이었다.

그날 이후 윤영은 종종 그들을 떠올렸다. 혐오 표현이 나쁘고 쓰지 말아야 한다는 건 다들 아는데 사람들은 어째서 멈추지 못하는지 의문이 들었기 때문이다. 고민 끝에 몇 가지의 단서를 찾을 수 있었다.

첫째, 너무 일상적이다.

"야, 장애인이야? 일어나 병신아." 이 짧은 문장에 장애를 비하하는 말이 두 번이나 쓰였다.[10] 이런 말을 처음으로 입에 올렸을 때는 그들도 약간 멈칫했을 것이다. 바람직하지 않은 언어는 직감적으로 느껴지기 때문이다. 아무리 친구끼리지만 이런 말을 써도 될까 싶었을 것이다.

하지만 곧 아무렇지도 않게 되었다. 한번 입에 붙은 말은 때와 장소를 가리지 않고 튀어나오기 때문이다. 심지어 곁에 장애인이 있어도 인지하기가 어렵다. 생각한 뒤에 말을 하는 게 가뜩이나 어려운데, 여태 별 거리낌 없이 써온 말을 굳이 생각해볼 이유는 없는 것이다.

둘째, 혼자만 유별난 사람이 되는 걸 꺼린다.

어느 예능 프로에서 출연자들이 모욕주기 게임을 한 적이 있다. 가장 나이가 많은 출연자를 향해 누군가 "너 지나갈 때 할아버지 냄새 나"라고 했다. 모든 출연자들이 웃음을 터뜨렸고, 심지어 폭소 효과음까지 입혀졌다. 엄연히 노인 혐오를 부추기는 말인데도 아주 재밌는 상황으로 포장이 된 것이다. TV에서조차 그러는데 친구들 사이에서 "이런 말은 좀 그렇지 않아?"라며 정색할 수 있는 사람이 얼마나 될까? 혼자만 유별나게 군다는 비난을 무릅쓰고서 말이다.

혐오 표현의 대상이 되는 사람들은 장애인, 여성, 노인, 아동, 청소년, 이주민, 성적 소수자 같은 사회적 약자들이다. 언젠가부터 장애인은 병신, 여성은 된장녀, 노인은 틀딱, 청소년은 급식충이 되어버렸다. 이런 모멸스러운 호칭으로 계속 불리다 보면 당사자는 자기가 정말로 그런 사람이 된 것처럼 느끼고 스스로를 부정하게 된다.

자극적이고 수위가 높은 혐오 표현들은 주로 친구들과 이야기할 때 쓰인다. "너 지나갈 때 할아버지 냄새 나"라는 말로 남들을 웃겼던 연예인처럼 자기도 쿨하고 유머러스한 사람이 되고 싶기 때문이다. 하지만 모두가 쓰는 말이고 재밌는 말이면 그걸로 괜찮은 걸까? 그런 표현들이 누군가에 대한 혐오를 부추기고 타인의 영혼을 갉아먹는다는 사실을 외면한 채 말이다. 모두가 웃더라도 절대 웃지 못할 한 사람이 있다면, 그건 절대 개그가 될 수 없다.

셋째, 단 한번도 안 된다는 경각심이 없다.

우리 사회는 혐오 표현에 무척 너그러운 것 같다. 통계만 봐도 그렇다. 2019년에 국가인권위원회에서 혐오 표현에 대한 국민 인식조사를 했는데 64.2%가 혐오 표현을 경험한 적이 있다는 답변이 나왔다. 10명 중 6명 이상이 경험했다는 것이다. 87.3%는 혐오 표현에 공감하지 않지만 79.9%는 혐오 표현을 들어도 그냥 무시한다고 했다.[11] 예상대로 "이런 말은 좀 그렇지 않아?"라고 말하는 사람이 드물다는 얘기다. 그렇게 넘어가는 동안 혐오 표현은 멈추지 않고 힘을 키워갔다.

다시 지하철 안으로 돌아가보자. "야, 장애인이냐? 일어나 병신아"라는 말은 그 한마디로 끝났던가. 당사자인 윤영이 정신적인 피해를 보았고, 옆에 있던 준우는 좌불안석이 되었으며, 같이 깔깔거린 두 사람까지 혐오 표현의 가담자로 만들었다. 한마디의 말로 최소 네 명에게 부정적인 영향을 끼친 것이다.

혐오 표현은 당사자의 인생을 위태롭게 만드는 것에서 끝나지 않는다. 혐오 표현에 점점 더 거침이 없어지다 보면, 자기가 싫어하던 특정 대상을 만났을 때 평소 키워왔던 불만을 행동으로 표출하는 방아쇠가 된다. 혐오 표현을 경험한 사람들 중 81.8%가 "혐오 표현이 향후 범죄로 이어질 가능성이 있다"는 데 동의했다.[12]

실제로 혐오가 커져 증오범죄가 되는 사례는 많다. 재일 조선인에 대한 차별이 빈번한 일본에서 2009년에 일어났던 사건도 그중 하나다. 극우단체인 '재특회(재일 특권을 용서하지 않는 시민 모임)'가 교토의 조선인 학교에 들이닥쳐 "조선인 학교를 일본에서 쫓아내라!"고 외치며 증오범죄를 저질렀다.[13]

코로나19 이후에는 세계 곳곳에서 아시아인을 대상으로 한 증오범죄가 급증했다. 코로나19가 중국에서 전파되었으니 아시아인들은 모두 보균자라는 게 그 이유였다. 미국에서는 2020년에 8,263건의 증오범죄가 발생했는데, 그중 아시아인 증오범죄(279건)는 전년보다 77%나 늘었다.[14] 아시아인들은 길을 걷다가도, 지하철을 탈 때도 차별주의자에게 봉변을 당하지 않을까 불안에 떨어야 했다. 차별을 강화하고 언제든지 증오범죄로 이어질 여지가 있는 혐오 표현을 지금 당장 멈춰야 하는 이유다.

장애인이 더 많은 세상이라면

"비장애인이 왜 쓸데없이 나돌아다녀?"

"지금 구로, 구로행 열차가 들어오고 있습니다…."

이제 막 지하도 입구에 도착했는데 안내 방송이 들려왔다. 놓치면 지각이다! 배낭끈을 바짝 당기고 계단을 두세 칸씩 건너뛰었다. 닫히는 문틈으로 잽싸게 몸을 날려 간신히 지하철에 올라탈 수 있었다.

그런데 아뿔싸! 하필이면 그곳이 휠체어 칸이었다. 객실 양쪽 옆으로 주차장처럼 휠체어 구역이 그려져 있고 중앙에 통행로가 있는데, 나만 자리를 못 잡고 엉거주춤 서 있다.

사람들의 따가운 눈총이 느껴진다. 비장애인인 나는 휠체어의 통행을 방해하는 장애물일 뿐이다. 하지만 어쩔 수가 없다. 비장애인 칸은 한 열차에 겨우 한 칸밖에 없으니 내가 가야 할 곳은 저, 저, 저 칸을 넘어 어딘가에 있을 거다. 구석에 빈자리라도 하나 있으면 좋으련만, 휠체어 칸에 좌석이 따로 있을 리 없다.

잠시 후, 지하철 문이 열렸다. 수많은 휠체어들이 문 밖으로 밀려나갔고 곧바로 더 많은 휠체어들이 새로 올라탔다. 바퀴에 발을 밟히지 않기 위해 주춤주춤 뒷걸음질을 치는데 갑자기 '철썩!' 소리와 함께 엉덩이가 얼얼해졌다. 뒤쪽에서 휠체어에 앉아 있던 할아버지 한 분이 손바닥으로 내 엉덩이를 후려친 것이었다.

"이눔아! 어디다가 궁둥이를 들이밀어?"

그러자 사방에서 일제히 비난이 쏟아졌다.

"아까 나도 엉덩이에 얼굴을 부딪칠 뻔했다니까."

"나는 저 학생 때문에 커피를 쏟을 뻔했어요."

"아니 왜 비장애인이 쓸데없이 아침부터 나돌아다녀? 안 그래도 복잡한데."

비장애인도 지하철을 탈 권리가 있어요, 그럼 학교를 아침에 가지 저녁에 가요? 사람 많은 게 제 탓은 아니잖아요…라고 항변하고 싶었지만 한마디도 꺼내지 못했다. 이럴 때는 최대한 미안한 표정으로 무조건 사과하는 게 최선이다.

"죄송합니다, 죄송합니다, 죄송합니다."

구체적으로 뭐가 죄송하냐고 묻지 않아서 다행이다. 대체 왜 죄송해야 하는지 나도 잘 모르기 때문이다. 나는 왜 맨날 죄송하다는 말을 입에 달고 살아야 하는 걸까?

학교고 뭐고 당장 집으로 돌아가버리고 싶다.

현실은 어떨까?

지하철 한 칸에 최대 좌석 수는 54개다. 10칸짜리 열차라면 총 540개의 좌석이 있는 셈인데, 그중 휠체어석은 겨우 2~4개뿐이다. 그마저도 몇 호선인지에 따라, 차량의 종류에 따라 제각각이다. 열차마다 좌석 수도 다르고 타는 위치도 매번 달라지는 것이다. 하지만 이런 사정을 모르는 사람들은 휠체어 사용자가 왜 휠체어석으로 안 가고 남들 통행을 방해하냐며 비난을 퍼붓는다. 그러면 잘못이 있건 없건 죄송하다고 사과하는 수밖에 없다.

장애가 있어도
괜찮다고?

티 내지 않는 아이

어릴 적 윤영의 집에는 철통같은 금기어가 존재했다. "못 걷는다" "몸이 불편하다" 같은 표현들이었다. 이런 말을 쓰는 순간 진짜 불행이 덮쳐올까봐 가족 누구도 입 밖으로 그런 말을 꺼낼 수가 없었다. 당연히 '장애'라는 개념 근처에도 가지 못했다.

윤영이 태어난 뒤 여느 아이들과 다르다는 사실을 처음 알게 됐을 때, 집안이 발칵 뒤집혔다. 아이를 '정상'으로 돌려놓기 위해 어른들이 가장 먼저 한 일은 용하다는 무당을 찾는 거였다. 무당은 터무니없는 일들을 잇따라 주문했다. 새벽 네 시에 정화수 떠놓기, 꼭두새벽에 조상 묘를 찾아가

빌기 등등. 조상의 묫자리를 잘못 썼기 때문이라면서 말이다. 그것도 모자라 윤영의 아빠는 머리에 바가지를 쓰고 빗자루로 맞아가며 기도를 올려야 했다. 생면부지의 사람에게 매를 맞아가며 거금을 쥐여주다니! 지금으로서는 납득할 수 없는 광경이지만 당시는 '그럴 수도 있는 시절'이었다.

마침내 모든 의식이 끝났을 때 무당이 말했다. "이 집안은 이 아가 덕분에 살게 될지니!" 조상 탓은 했어도 윤영의 탓을 하지는 않았다는 사실을 한참 뒤에 알고서야 윤영은 묘하게 돈이 덜 아깝다고 느꼈다.

아무튼 천둥 번개가 내리치던 혼란의 시기가 지나고 겨우 평온이 찾아왔을 때, 윤영이 가장 먼저 금기를 깨고 말았다.

"엄마, 나는 왜 못 걸어?"

마당에는 언니랑 친척 애들이 함께 뛰어놀고 있었다. 윤영은 그 무리에 끼어들고 싶어 안달이 났기 때문에 "나도 같이 놀고 싶은데!"라는 말도 잊지 않고 덧붙였다. 별안간 날아든 질문에 엄마는 당황한 기색이 역력했다. 하지만 다음 장면은 윤영의 기억에 없다. 아마 상황을 모면하기 위한 진부한 답이 돌아왔던 게 틀림없다.

윤영이 어릴 때는 뼈가 지금보다 더 약했기 때문에 마치

딸꾹질하듯 골절이 찾아왔다. 그럼 다 나을 때까지 몇 주간이나 꼼짝없이 누워 있어야 했다. 그런데도 울지 않았고, 오히려 웃어 보이는 여유를 부렸다. '웃어야 일류'라는 말을 그때부터 실천하고 있었던 모양이다.

어른들은 그런 윤영을 보면 "애가 참 밝다" "몸이 불편한데도 어쩜 그늘이 없을까?"라는 둥 칭찬을 늘어놓았다. 그럼 더 칭찬받고 싶어서 과하게 활발한 척을 했다. 다른 애들보다 의젓하고 어른스러울 수 있었던 것은 순전히 그런 척 연기했기 때문이다. 그렇게 꽤 오랫동안 장애를 티 내지 않는 아이로 지냈다.

사실 윤영은 또래들을 볼 때마다 혼란스러웠다. 뛰어노는 애들을 보면 특히 더 그랬다. 윤영이 보기에도 자신의 몸은 의문투성이다. 왜 걸을 수 없는지, 뼈는 왜 자꾸 부러지고 그때마다 왜 이렇게 아픈지도 궁금했다. 하지만 입을 꾹 닫았다. 이런 푸념을 하기엔 어른들이 도무지 미덥지가 않았다. 과하게 당황하거나 슬퍼할 게 뻔했다. 게다가 설명을 썩 잘해줄 것 같지도 않았다. 차라리 아프지 않은 척, 씩씩한 척, 괜찮은 척 연기를 해서 어른들을 안심시키는 쪽이 마음이 편했다.

이 시기에는 오히려 반려동물이 윤영의 마음을 보살펴주

었다. 마당에 살던 고양이 나비와 강아지 단추는 윤영이 휠체어를 타고 산책을 나갈 때마다 친구가 돼주었다. 그들은 나른하게 기지개를 켠 다음 따라나섰는데, 어디를 가든 따라왔기 때문에 외롭지 않았다. 기어가는 땅벌레를 함께 지켜보았고, 강아지풀이 바람에 부대낄 때는 가던 길을 함께 멈췄다. 자꾸만 나비가 길바닥에 철퍼덕 눕는 바람에 산책이 더 길어지곤 했지만, 윤영이 늦으면 앞에서 꼭 기다려주는 의리 있는 고양이였다.

중학교에 진학하지 못한 채 외로웠던 시기에는 다행히 강아지 봄이가 있었다. 봄이는 형제들 중에서 가장 작게 태어난 강아지였다. 동물병원에서 무리한 운동을 금지하라고 했을 만큼 몸이 약했다. 작은 사람과 작은 강아지는 금방 친해졌다. 둘은 온종일 붙어 있었다. 등을 맞대고 앉아 있거나 최소한 몸 어느 부분이라도 닿아 있어야 직성이 풀렸다. 서로 자기 말을 들어주지 않는다며 씩씩거릴 때도 있었지만 대부분은 웃었다.

봄이는 윤영의 말이라면 쫑긋 귀를 세웠다. 그래서 "손, 하이파이브, 빵야"는 식은 죽 먹기였다. 새로운 장난감 친구를 소개해줄 때는 '갸우뚱' 고갯짓 한 번이면 충분했고, 그렇게 몇십 개가 넘는 장난감 이름을 외웠다. 게다가 봄이는 휠체어를 적극적으로 이용할 줄 아는 강아지였다. 산책하다가 조금이라도 힘들어지면 가던 길을 멈추고 휠체어로 달려들었다. 휠체어 위에 올라 바람을 가를 때면 꽤 만족스러운 표정을 지었다.

함께한 동물 친구들만이 윤영을 낯설어하지 않았다. 그들은 윤영이 남들보다 작든, 휠체어에 타고 있든 '그게 뭔 상관?'이라는 표정으로 바라봤다. 그들에게만은 어떤 이야기라도 남김없이 털어놓을 수 있었다.

'불쌍한 나'에서 '당당한 나'로

스물을 한참 넘겨 혼자서 집 밖으로 나갔을 때 윤영은 시선의 무게를 처음으로 체감했다. 아이들은 휠체어를 졸졸 따라왔고, 짐을 들고 가던 어떤 이는 짐도 내려놓은 채 윤영을 뚫어져라 쳐다봤다. 그동안은 남들의 시선을 부모님과 나눠 받아서 이렇게 무거운 줄 몰랐다. 사람들 속에 오롯이 혼자 있게 되자 작은 키, 짧은 목, 어린아이 같은 목소리 등등 남들과 다른 스스로의 모습을 견딜 수가 없었다. 지금은 눈치 없이 계속 쳐다보는 사람에게만 간혹 예민하지만, 당시에는 그러지 못했다. 그야말로 집착하듯 남의 시선에 집중하던 시기였다.

아마 장애가 있어도 남들에게 꿀려 보이고 싶지 않았던 것 같다. 더 정확히 말하자면, 거부당하고 싶지 않았다. 누군가에게 미움을 받을까봐 무서웠던 것도 같다. 하루 종일 인터넷을 뒤져 레이스가 샤랄라하게 달린 스몰 사이즈의 옷을 끊임없이 사들였다. 같은 색깔에 톤만 다른 화장품들을 서랍마다 잔뜩 쟁여놓았다.

그래도 얼마간은 꽤 효과가 있었던 거 같다. 예쁜 옷을 입고 정성 들여 화장하면 조금은 덜 두려웠으니까. 사람들은 활짝 웃으며 문을 열어주었고, 무언가 부탁하려 다가갈 때 뒷걸음치지 않는 것 같았다.

준우를 만나고서야 두세 시간씩 화장하기를 멈출 수 있었다. 준우는 어떤 포인트인지 도무지 알 수 없는 혼자만의 기준으로 윤영을 예쁘다고 해줬다. 가령 휠체어에 기대 멍때리는 순간이라든가, 앞머리를 까뒤집어 핀을 꽂는 순간을 특히 좋아했다. 덕분에 윤영은 화장을 안 해도 충분히 예쁜 사람이 된 것만 같았다.

유럽 여행도 도움이 됐다. 유럽에서는 윤영을 뚫어져라 쳐다보는 사람이 없었다. 커다란 전동휠체어를 타고 등장해도 눈길조차 주지 않았다. 사람을 분석하거나 평가하는 듯한 불편한 눈빛이 없으니까 화장하지 않아도, 예쁘게 차려입지 않아도 상관없게 되었다. 솔직히 말하면 미치도록 편했다. 이제는 더 이상 남을 위해 자신을 꾸미지 않는다.

장애를 학문으로 공부하면서부터는 자존감을 되찾을 수 있었다. 그전까지는 재활 운동을 열심히 하지 않아서 못 걷는다고 생각했다. 스물세 살 때까지 집 안에만 있어야 했던 것도 장애가 있으니 어쩔 수 없는 줄로만 알았다.

그 시절 윤영은 스스로 책임을 다하지 못한 기분에 사로잡혀 있었다. 종종 자괴감을 느꼈고 쉽게 무기력에 빠져버렸다. 할 수 있는 거라곤 불쌍하게 보이지 않도록 화장하는 게 다였다. 그러나 장애를 가진 사람들을 만나 이야기하고 책을 읽고 공부를 하면서 뒤죽박죽이던 머릿속이 깔끔하게 정리되는 것을 느꼈다.

우선 스스로가 환자가 아니라 장애인이라는 점을 분명히 함으로써 정체성을 세웠다. 그건 달리 말하면, 아무리 재활해도 낫지 못한다는 사실을 인정하는 일이다. 자책을 중단하니 관점도 바꿀 수 있었다. 지금까지는 걷지 못하는 게 '문제'라고 여겼지만 사실은 걷는 것만 '정상'으로 여기는 게 잘

못되었음을 깨달았다. 정말로 비정상적인 건 스물세 살까지 집에만 있어야 했던 일이었다.

걸을 수 있는 사람은 두 다리를 사용하면 된다. 걷지 못하는 사람은 휠체어를 사용하면 된다. 걷기가 불편하면 보행을 도와주는 보조기구를 사용할 수도 있다. 어떤 방법을 쓰건 학교에 가고 회사에 갈 수 있어야 한다. 두 다리로 걷는 것만이 유일하게 정상이고 정답인 것처럼 여기는 사회가 문제였던 거다!

지금까지는 그저 장애를 가지고 사는 사람에 불과했다. 그러나 장애에 관해 공부하면서부터 불쌍한 나에서 벗어나 당당한 내가 될 수 있었다. 스스로를 깊이 이해할 수 있게 된 것이다.

이런 경험은 윤영 혼자만의 것이 아니다. 송지연 님 역시 비장애인으로 살기를 관두고 장애인으로 살기 시작하면서 자신을 설명할 수 있게 되었다.

"부모님은 저에게 장애가 있다는 걸 인정하지 않았어요. 제 이름처럼 학습에 '지연'을 겪을 뿐이라고 믿었죠. 그래서 장애 등록도 한참 후에 했어요. 그전까지는 비장애인의 삶을 살아온 셈이죠. 그래서 사춘기 때 너무 힘들었어요. 자꾸 나만 뒤처지고, 나만 못 하는 일이 많았거든요. 그러다 장애인자립생활센터에 가게 되었는데 소장님이 대뜸 "넌 장애인이야. 그게 다 너한테 장애가 있어서 그래"라고 하는 거예요.

눈물이 났어요. 난 장애인 아닌데 장애인이라고 하니까요. 그때까지만 해도 저는 비장애인이었어요. 그러다 발달장애인 동료들과 '피플 퍼스트' 활동을 하면서 장애 등록을 해야겠다는 결심이 섰어요. 그렇게 장애인으로 살기 시작하면서 오히려 편해졌어요. 예전에는 내가 남과 다른 이유를 설명할 수 없었는데 이제는 말할 수 있게 됐잖아요. 성격과 행동도 변한 거 같아요. 내 안에서 인정이 되니까 사람들 앞에 서는 시간이 즐거워요." (송지연)

비장애인으로 살기를 그만두었더니 오히려 장애인이어서 할 수 있는 일들이 윤영의 눈에 보였다. 장애를 가진 당사자로서 올바른 관점을 전파하는 일이었다. 그래서 일본에 건너가 연수를 받았다. 그곳에서 한국 장애인단체에 많은 영향을 끼친 일본의 장애인 자립생활에 관해 공부했다. 일본 대기업에서 생활비와 교육비를 전액 지원하는 장애인 리더십 트레이닝이었다.

학교도 제대로 다니지 못한 윤영이 사람들 앞에서 기죽지 않고 말할 수 있게 된 것은 모두 이때의 경험 덕분이다. 당시 일본 여러 지역을 옮겨 다니며 공부했는데, 한 곳에서 연수가 끝날 때마다 사람들 앞에서 프레젠테이션을 해야 했기 때문이다.

한국에 돌아와서는 지상파 TV의 여행 리포터로 활동했다. 약 3년간 전국 팔도를 다니며 휠체어 사용자가 갈 수 있는 여행지를 소개했다. 평생 장애인은커녕 전동휠체어를 본 적도 없는 시골 마을에 도착하면 윤영의 존재는 일종의 센세이션을 일으키곤 했다. 그게 어느 정도였냐 하면, 눈코 뜰 새 없이 바쁜 농번기에 마을 사람들이 일손을 놓게 만들 정도였다.

어느 날은 마당에 나와 일하시는 할머니를 발견하고 물 한 잔을 청했다. 그는 윤영이 너무 신기해서 한참을 살피다 드디어 말문을 떼었는데 첫마디가 "그, 그래서 머리는 돌아가고?"였다. 전동휠체어에 탄 이렇게 작은 사람을 만난 것은 할머니 인생에 처음이었던 것이다. 투박했지만 경이로움을 전혀 감추지 않은 순수한 물음이었다.

윤영은 자지러지게 웃고 말았다. 시청자들에게는 여행지를 소개하고, 깊고 깊은 시골 마을에는 다양한 모습의 사람들이 세상에 존재하고 있음을 알렸다.

윤영은 마이크만 손에 쥐면 말이 술술 나왔고 카메라가

있어도 긴장하지 않았다. 그래서 종종 방송이나 이런저런 강의 프로그램에서 장애를 이야기했다. 심지어 준우는 윤영과 사귀자마자 다큐멘터리에 출연하는 바람에 무슨 유명 인사처럼 방송에서 연애가 공개돼버렸다. 여느 사람들과 달리 준우는 이상할 정도로 방송을 좋아해서 한동안은 그가 유사 연예인이 되지 않도록 단속해야 했다. 어쨌든 준우도 윤영을 만나 다양한 활동에 동참하기 시작했다.

유럽 여행 에세이 『너와 함께한 모든 길이 좋았다』도 그런 결과물 중 하나였다. 여행자들에게 유럽은 이미 익숙한 곳이었지만, 장애를 가진 사람들에게는 여전히 불모지와 같아서 어디에도 여행 정보가 없었다. 워낙 다녀온 사람이 적어서, 여행을 꿈꾸는 장애인들이 어찌어찌 소문을 듣고 윤영과 준우에게 알음알음 물어올 정도였다. 그래서 에세이와 장애인 편의시설 정보를 묶은 두 사람의 수난기, 아니 여행 에세이를 책으로 내기로 결심했던 것이다.

미디어 속 장애인과 현실의 장애인

윤영의 삶에는 확실히 다이내믹하고 다채로운 구석이 있

다. 남들에게는 일어나지 않는 일이 종종 일어났기 때문이다. 하지만 괴롭거나 버겁기만 한 것은 아니었다. 조언을 구할 수 있는 훌륭한 장애인 선배들이 있었고, 찰떡같은 타이밍으로 나타난 준우가 든든한 지지자가 돼주었기 때문이다. 덕분에 윤영의 경험은 꽤 가치 있는 주제로 쓰일 수 있었다. 연수의 기회도 생겼고, 리포터나 방송 또는 강연 같은 활동을 할 수 있었다.

그러나 한편으론 이런 이야기를 꺼내는 게 매우 조심스럽다. 자신의 개인적 경험이 '멋진 장애인'처럼 각색되거나 자칫 모든 장애인의 삶인 것처럼 일반화될 수 있어서다.

모든 장애인의 삶이 똑같은 것처럼 일반화되는 일은 드라마 〈이상한 변호사 우영우〉의 인기몰이 중에 실제로 일어났다. 어느 자폐스펙트럼 장애인이 출연하는 유튜브에는 "우영우랑 달라서 실망ㅠㅠ"이라는 댓글이 달렸다. 실제로 보니 너무 평범해서 '드라마틱'하지 않다는 얘기다. 편견과 무례가 제멋대로 섞인 악플에 가족들은 깊은 분노를 느꼈다.

결정적인 순간에 천재적 진가를 발휘하는 장애인. 하루하루가 고통이지만 희망을 잃지 않는 장애인. 이들은 모두 다큐멘터리와 영화, 드라마 속에서만 산다. 이런 가상 인물들은 장애 당사자들에게 그다지 도움이 되지 않는다. 비장애인들이 평소에 직접 만나본 장애인이 극히 드물다 보니, 가상의 등장인물이 곧 실제 장애인의 모습일 거라고 쉽게 동일시를 해버리기 때문이다.

가공된 장애인 이미지는 끊임없이 나오고 있다. 호주의 코미디언이자 칼럼니스트인 스텔라 영은 "장애를 물건 취급하기 때문"이라고 보았다. 연필을 입에 물고 그림을 그리는 구족화가라든가, 탄소섬유 재질의 의족으로 달리는 아이들이 미디어에 나올 때 뭔가 아련하고 뭉클한 이미지로 제작되는 이유는 사람들에게 동기를 부여하기 위해서라는 것이다. 그걸 본 비장애인은 '내 인생이 그리 나쁘지는 않구나'라고 생각하며, 그러니까 열심히 살아야겠다는 결심을 하게 된다. 즉, 미디어는 비장애인에게 영감을 주기 위해 장애를 상품화한다는 것이다.[15]

장애인을 정의할 수 있는 사람은 누구인가

장애를 가지고 사는 게 쉬운 일은 아니지만 그렇다고 미디어에서 다뤄지는 것만큼 요란한 것도 아니다. 장애가 있다고 해서 모든 순간에 장애에만 몰두하지는 않기 때문이다. 선천적 장애인은 이미 오랜 시간 장애가 있는 몸으로 살아왔다. 후천적 장애인들 역시 장애가 생기기 전처럼 '나답게' 살아갈 수 있다면, 대부분의 일상은 평범하게 흘러간다.

"저는 2012년도에 시각장애 진단을 받았어요. 그 이후로 많이 변한 건 없어요. 시력이 천천히 나빠져서 6년간 같은 회사에 다녔던 것도 이유가 되겠지만, 빛 정도만 볼 수 있는 지금도 저는 여전히 가장이고, 여전히 직장생활을 하고 있고, 여전히 같은 친구들을 만나니까요. 가장 크게 변한 것은 직장 정도겠네요. 원래는 패션 쪽이었는데 지금은 인식 개선 전문 강사로 직업이 바뀌었으니까요.

앞이 안 보이는 게 엄청나게 큰 변화라고 생각될 수도 있지만 저에겐 그렇게 다가오지 않았어요. 가족과 활동지원사, 근로지원인, 보조공학기기 등이 시력 잃은 저를 커버해주니까요. 유튜브를 보고 친구들과 메신저를 하고 맛집을 찾아가는 일을 똑같이 할 수 있어요. 후천적 장애인의 입장에서 얘기하자면, 장애를 가지기 전에 당연하게 해왔던 일들을 장애 이후에도 당연하게 할 수 있으면 아무런 문제가 없어요.

저에게는 아내와 딸이 있는데, 본격적으로 눈이 나빠지게 된 30대 중반부터 가족들과 자연스러운 적응 과정, 말하자면 연착륙

과정에 들어갔어요. 아빠가 시각장애인이 된다는 사실을 받아들이는 것이 가족에게는 쉬운 일이 아니니까요. 그래서 여행을 많이 다녔어요. 유럽, 남미 등 많이 갔죠. 대화를 나누고 같이 있는 시간을 많이 가지면서 서서히 가족들에게도 장애가 현실로 인식되었던 것 같아요." (김태현)

"저는 선천적으로 장애를 갖고 태어났으니까 장애를 안 가지고 살아본 적이 없잖아요? 장애는 저의 일부도 아니고 그냥 제 삶이에요. 그러다 보니 "너는 걸으면 뭐 하고 싶어?"라든가 "너는 걷고 싶어?" 같은 질문을 받아도 사실 잘 모르겠더라고요. 걸어본 적이 없으니까요. 그래서 "야, 너네는 안 걷는 걸 상상해본 적 있어? 나는 걷는 걸 상상해본 적이 없는데?"라고 되물어요. 모르는 사람은 궁금할 수도 있겠지만, 이게 '힘들다' '아니다'의 기준도 느낌도 없는 걸요.

저는 가족 관계가 되게 좋은 편이에요. 저희 할머니는 산책 한번 할 때도 제 생각을 하시는지 "오늘 네가 좋아하는 마라탕집을 봤는데 거기 턱이 있더라. 먹고 싶으면 사다 줄까?" 하세요. 부모님은 물론이고 할머니랑도 되게 많은 얘기를 나눠요. 제가 뭘 해도 응원과 지지를 보내주시죠." (유지민)

"솔직히 뭔가 하고 싶은 게 생겨도 손을 움직일 수 없으니 어떨 땐 몸이 감옥처럼 느껴지기도 해요. 그래서 제게 장애의 의미는 몸에 익숙해지는 것뿐이에요. 장애를 하나의 개성으로 보자, 혹은 긍정적으로 보자는 말들도 있지만 솔직히 저는 공감이 안 되거든요. 저 같은 경우는 병원비가 많이 들어서 경제적 부담이 커요. 내가 나다움으로 살기 위해서는 경제적 여유도 있어야 하는데 그렇지 않으니까 부정적인 생각이 강하죠." (임성엽)

"저는 장애에 대해 '어쩔 수 없지'라고 생각하는 편이에요. 내가 선택한 삶도 아니고 그냥 이번 생을 후회 없이 살자고 생각하는 주의죠. 하지만 남의 시선을 무척 신경 쓰는 편이에요." (연두)

때론 장애가 있는 몸이 감옥처럼 느껴진다. 그런데도 별일 없이 살아가는 것은 인간이 너무 창조적이기 때문에 가능한 것인지도 모른다. 윤영은 일본 연수 중에 자신만의 기발함으로 살아가는 이들을 만난 적이 있다.

어떤 이의 집에 놀러 갔을 때 윤영은 두 눈이 휘둥그레지고 말았다. 커다란 붓글씨들이 온 집안의 벽면을 뒤덮고 있어서였다. 읽을 수 없는 한자는 왜 이렇게 많은지! 살짝 좌절하며 그것들의 정체를 물었다.

"아, 이거? 활동지원사에게 부탁할 말."

윤영의 주춤거림이 무색할 정도로 그는 무척이나 쿨하게 답했다. 새로운 활동지원사를 만날 때마다 일일이 설명하기가 힘드니까 자신에게 필요한 서비스를 항목별로 빼곡히 적어놓은 것이었다. 심한 언어장애를 지닌 그가 생각해낸 가장 효과적인 방법이었다.

또 어느 날에는 청각과 시각 그리고 지체장애를 중복으로 가진 분과 만났다. 그는 전동휠체어를 타고 윤영에게 다가왔다. 그는 윤영처럼 시각 정보로 휠체어를 몰지 않았다. 오로지 촉각의 정보, 그러니까 '지점자(손가락 점자)'를 통해 방향을 결정했다. 지점자는 점자의 여섯 점을 상대방의 손가락 위에 타자기 치듯 두드려서 전달하는 소통방식이다. 그가 전동휠체어를 조정하는 컨트롤러를 잡으면 그 위로 활동지원사가 살포시 손을 포개어 방향을 알렸다.

마주 앉아 대화를 나눌 때도 마찬가지였다. 윤영의 음성언어는 활동지원사의 지점자를 통해 그에게 전달되었고, 대답은 그의 입을 통해 직접 들려주었다. 시각 정보를 사용하는 지체장애인 윤영과 촉각 정보를 사용하는 시각·청각·지체장애인. 두 사람은 각자의 전동휠체어에 앉아 평범하기 짝이 없는 일상적인 대화를 나눴다.

사실 이런 이야기들은 하나도 별스럽지 않다. 그냥 어쩌다 보니 장애를 가지게 되었고, 어쩌다 보니 익숙해져서 각자의 방법으로 잘 살아가고 있다는 이야기다.

물론 학교에서 입학을 거부당하거나, 체육 시간에 당연하다는 듯 열외가 되거나, 휠체어 싣는 법을 모른다고 눈앞에서 버스가 쌩 떠나버리거나, 휠체어는 우리 식당에 들어올 수 없다는 이야기를 들을 때는 지긋지긋한 장애 따위 다 때려치우고 싶어지지만, 부당함에 같이 화내주는 사람을 단 하나라도 만나는 날에는 금세 몽글몽글해져서 아무래도 다 괜찮을 것 같은 기분이 되곤 한다.

아무튼 그 누구도 장애인은 이렇다, 저렇다라고 납작하게 말할 수 없다는 이야기를 언젠가는 꼭 하고 싶었다. 장애를 입 밖으로 꺼내지도 못했던 어린 시절부터 긍정도 부정도 하지 않는 지금까지, 장애를 마주하는 윤영의 자세는 계속해서 바뀌어왔다. 장애가 있어서 괜찮지도 않고, 그렇다고 매번 못 살 것 같은 느낌도 아니다. 하루에도 몇 번씩 감정이 출렁이며 변화한다.

그런데 누가 "장애인은 이렇다"라고 자로 잰 듯 정의할 수 있을까?

너는 내가
어디가 좋았니?

(윤영)

"준우의 어디가 좋아?"라고 누군가 묻는다면 나는 수십 가지의 이유도 댈 수 있어. 그치만 네가 직접 물어온다면 음… 별달리 해줄 말이 없을 거 같아. 부끄럽고 낯간지러운 걸 못 참기도 하지만, 해줄 말은 딱 한마디뿐이라서.

"그냥 너니까 좋아."

넌 처음부터 달랐어. 이런 비교를 해서 좀 미안하지만, 먼저 만났던 사람들과는 좀 다른 구석이 있었어. 남들은 쉽게 쓰는 말도 넌 하지 않았으니까. 예를 들면 "아, 이거? 이건 이런 거야"라든가 "있어 봐, 다 내가 해줄게"라는 식의 해결사 멘트를 넌 허투루 하지 않았지. 딱 아는 만큼만 확신했고 많이 아는 척, 멋있는 척 위장하지 않았기 때문에 넌 언제나 너였어.

그만큼 자존감이 높은 사람으로 부모님이 잘 키워주신 덕분이겠지. 음식으로 비유하자면 매콤 새콤 화려한 맛의 향연인 함흥냉면보다 슴슴한 맛의 평양냉면 쪽에 가까웠달까? 그래서 내 이야기를 더 많이 할 수 있었던 거 같아. 내가 겪은 믿기지 않는 이야기들을 한 아름 풀어놓으면 넌 진심으로 화를 내거나 황당해하거나 했잖아. 장애인으로 살아보지 않으면 이해하기 힘들 정도의 내밀한 이야기를 할 때는 잘 모르겠다고 솔직하게 말해줘서 좋았어.

사람들은 나를 연약하고 도움이 필요한 존재로만 보더라. 사귀던 사람들까지도 말야. 연인으로서의 애정과 연민이 뒤섞여 있는 좀 오묘한 감정이었다고 할까? 솔직하게 말하면, 그런 감정들이 나의 위치를 애매하게 했고 답답하게 했어. 그들 마음에 부응하기 위해 어디까지 의존적이어야 할까 망설일 정도였지.

언젠가 추워서 건물 안에 들어가 있는데 지나가던 사람이 내가 못 나가고 있는 줄 알고 문을 열어준 적 있다고 했잖아? 나는 그의 호의를 차마 무시할 수 없어서 다시 추운 바깥으로 나갈 수밖에 없었다고. 매번 그런 기분이었어. 그런데 너를 만나고 나서야 이런 오묘한 감정들에서 탈출할 수 있었던 거야.

"내가 없어도 잘 살 사람!" 너는 종종 나를 이렇게 표현하잖아. 넌 내가 장애인이라는 이유로 돌보고 보호할 생각도 없었거니와, 오히려 나의 돌봄을 당당히 요구한(?) 첫 번째 사람이었어. 함께 길을 걸을 땐 앞서서 날 안내하기보다 손을 잡고 나란히 걷기를 원했고, 심지어 길가에서 자동차가 다가올 땐 내 뒤로 숨었지. 맨살보다 휠체어가 조금 더 단단하지 않겠냐는 너의 그 빈약한 논리에 나는 너무 웃음이 나.

어쨌든 나는 너 덕분에 더 이상 애인의 눈치를 살피지 않는 사람이 되었지. 와우! 어찌나 편하던지! 화내고 싶을 때 화를 냈고 웃고 싶을 때 마음껏 웃었어. 세상을 다 가진 홀가분함이었어. 너를 만날 때 비로소 내가 나다워질 수 있었던 거야.

너는 참 남의 눈을 의식하지 않는 사람이기도 해. "남들은 생각보다 나에게 관심이 없어"라고 넌 곧잘 말하지. 그것이 대한민국에서 남성으로, 비장애인으로 살면서 얻은 일종의 특권이라는 걸 우린 알지만 너의 기질적인 면도 한몫했고, 그게 나에겐 참 신선했어. 겉모습만 따지는 남들의 평가에는 일체 관심이 없잖아.

락 페스티벌에서 휠체어에 앉은 나에게 춤을 청했을 때도, 처음으로 너의 친구들에게 날 소개할 때도 나는 네가 속으로 무슨 생각을 할지 전전긍긍하지 않았어. 네가 웃으면 그건 정말 웃고 있는 것이라는 걸 느낄 수 있었거든. 난 평생 남들이 나를 어떻게 볼까, 나를 거부하지 않을까 의식하며 살아왔는데 너와 함께할 때만큼은 그렇게 자유로울 수가 없더라!

이런 것들이 내가 너를 좋아하게 만든 너의 매력이야. 하지만 네가 아직도 계속 계속 좋은 이유는 이런 것 때문만은 아니야. 어쩌면 훨씬 사소한 거지. 내 머리카락을 날려버리는 강력한 콧바람도 좋고, 기대면 푹신하고 큼직해서 좋고, 겨울이 와도 뜨끈뜨끈한 너에게 차가워진 코랑 손을 덥히기가 딱 좋아서 좋아. 결국 너라서 좋은 거야.

(준우)

널 처음 봤을 때 조금 놀랐어. 세상에는 다양한 사람들이 있다는 건 알고 있었지만 이렇게 작은 사람이 있는 줄 몰랐거든. '와, 인형 같다'라는 생각이 가장 먼저 들었어. 너의 작고 예쁜 얼굴도 그렇지만, 어린아이만큼 조그만 사람이 자기보다 훨씬 큰 휠체어를 타고 움직이는 게 신기했지. 휠체어 타는 사람을 생각해보면 다리가 보통 앞바퀴까지는 오잖아? 그런데 너는 큰 휠체어에 작은 인형을 얹어놨다는 느낌이 들 정도였으니까. 이렇게 작은 사람을 만난 것이 신기했어.

널 정말 밝은 사람이었지. 너의 주변에는 웃음이 끊이질 않았고 모두가 너를 좋아했으니까. 나도 그랬어. 함께 대화하면 즐거웠어. 내게 힘든 일이 있었을 때 다른 사람들은 "어쩔 수 없다" "술 한잔하고 다 잊자"며 위로했지만 너는 달랐지. 함께 욕을 해주고 함께 화를 내주었어. 다른 사람들이 나에게 견디는 방법을 알려줬다면, 너는 내 마음에 공감해준 유일한 사람이었거든. 그렇게 너는 특별한 사람이었다가 어느새 호감 가는 사람이 되어 있었지.

커진 마음은 고백으로 터져 나왔어. 네가 내 마음을 받아줬을 때 나는 세상에서 가장 행복한 사람이었던 것 같아.

너는 언제나 진취적이고 독립적인 사람이라서 '내가 장애가 있다면 너처럼 당당할 수 있을까?'란 생각을 한 적이 있어. 그렇지만 진짜 너의 모습을 만난 건 우리의 만남이 차근차근 쌓일 무렵이었지. 어느 순간부터 '장애'라는 것이 흐릿해지더니, 장애인 박윤영이 아니라 그냥 박윤영이라는 사람이 내 옆에 있더라.

　주변 사람들에게 우리가 사귄다고 말했을 때 다들 걱정했어. 널 내가 많이 챙겨줘야 할 테니까 고생스러울 거라는 이야기였지.

　하지만 생각해보면 전혀 그렇지 않아. 오히려 내가 훨씬 더 챙김을 받는걸? 나는 워낙 덜렁이라서 툭하면 물건을 잃어버리고 우산을 들고 다니면 하루에 열 번은 떨어트리는 사람인데 말이야. 반면에 너는 내가 맨날 잊어버리는 것을 하나하나 알려줘. 네 덕분에 드디어! 아침에 로션을 챙겨 바르는 남자가 되었지. 네가 해야 하는 하루의 루틴도 귀찮을 법한데 세심하게 챙겨주고 살펴줘서 정말 고마워. 내가 생각하지 못한 것을 알려주고 방향을 잡아주는 네가 참 의지가 되곤 해.

　'외유내강'이라는 말이 있지. 나는 박윤영이라는 사람이 딱 그 말에 맞는 사람이라고 생각해. 겉으로 보기에는 굉장히 연약하지만 속은 매우 단단한 사람! 강한 의지로 주체적인 삶을 살아가는 윤영이 너무 좋아. '장애가 있는데도 불구하고'가 아니라, 그 모든 장점들이 나에겐 없는 것들이라서

멋지고 좋아.

　요즘은 부쩍 우리가 닮아 있다고 느껴. 별일 없는 하루하루를 함께 보내다 보면 생각과 취향, 좋아하는 것과 불편한 것들, 심지어 말장난까지도 닮아가지. 그래서일까? 함께한 지 어느새 10년이 지났는데도 나는 여전히 너와 함께할 내일이 너무나 설레어.

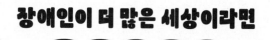

장애인이 더 많은 세상이라면

"출구가 대체 어디야?"

오랜만에 친구와 만나기로 했다. 약속 장소에 가려면 중간에 지하철을 갈아타야 한다. 그런데 문제가 생겼다. 환승하는 길에 비장애인을 위한 계단이 없다! 보이는 건 죄다 장애인용 엘리베이터뿐이다. 한참을 두리번거리다 벽면 귀퉁이에 붙어 있는 종이를 발견했다.

• 비장애인 환승 방법 •

승차장 10-1로 이동하면 샛길이 있습니다. 여기서 왼쪽으로 50m 이동한 다음 계단으로 지하 2층까지 올라가서 오

른쪽으로 돌아서 화장실 옆 골목으로 들어가세요. 화장실을 크게 돌아 반대쪽으로 이동한 다음 다시 지하 1층으로 올라가세요. 그 앞에 개찰구가 있습니다. 교통카드를 찍지 말고 나오셔서 그 앞의 계단을 따라 건물 밖으로 나가세요. 나간 다음 화살표 방향으로 700m 정도 이동하면 지하철역 계단이 있습니다. 그곳에서 다시 지하로 내려오시면 환승하실 수 있습니다.

이거 실화냐? 대체 어떻게 찾아가라는 거지?

지하철로 5분인데 환승에만 20분이 넘게 걸렸다. 어느새 약속 시간이 지나고 있었다. 마음은 급한데 한참을 헤맸더니 다리가 후들거린다. 친구에게서 전화가 온다. 언제 오냐고 난리다. 대체 어쩌라는 거야? 나도 빨리 가고 싶다고!

현실은 어떨까?

이 사진들은 서울의 지하철역에 붙어 있는 장애인 엘리베이터 위치 안내문이다. 가는 길이 너무 복잡해서 이해하기 어렵고, 정확하게 외우기는 더 어렵다. 그나마도 제대로 제작된 안내판이 아니고, 종이에 출력해서 스카치테이프로 붙여놓았다. 지하철역마다 계단 출구는 많지만 휠체어나 유아차가 나갈 수 있는 출구는 대부분 하나뿐이다. 비장애인들이 목적지에서 가장 가까운 출구를 찾을 때, 장애인들은 단 하나의 엘리베이터를 찾느라 한참을 헤매야 한다.

엘리베이터 8호선 환승 안내

현위치 5호선 B3(지하3층) 엘리베이터 탑승 → B2(지하2층)하차 →
다이소매장 맞은편 엘리베이터 탑승 → B1층 하차 게이트 통과(교통카드
태그 X) → 오른쪽 약50미터 가신후 모란방향은 베스킨라빈스 매장 옆
엘리베이터(교통카드 태그 X), 암사방향은 5호선쪽 개방 게이트 통과후
(교통카드 태그 X) 오른쪽 엘리베이터 이용.

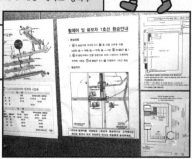

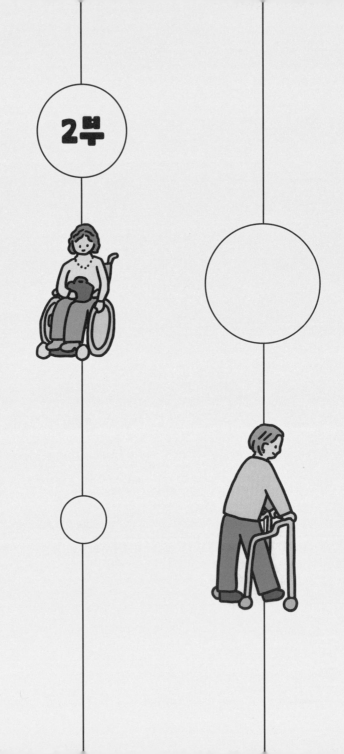

2부

장애인으로

살아간다는 것

1 인권에 대해 나누고 싶은 이야기

인권이란
무엇일까?

인권감수성에 대하여

"아빠, 그거 인권 침해야!"

산책하는 윤영의 귀에 문득 들려온 말이다. 10대 초반으로 보이는 아이와 아빠가 뭔가 대화를 나누고 있다. 둘 사이에 어떤 일이 있었는지는 알 수 없지만, 아빠는 약간 무안한 표정으로 허허 웃고 있었다. 인권이란 말이 어느덧 일상적으로 쓰이고 있다고 느껴진 순간이었다.

그러고 보니 윤영의 조카들도 비슷한 말을 했었다. 그날은 약속한 시각이 한참 지났는데도 양치하지 않는 조카들에게 엄마가 득단의 조치를 내린 날이었다. 바로 10분이 지날 때마다 형광등을 하나둘씩 꺼나가는 것. 아이들은 그 상황이 긴장되면서도 어쩐지 재미있어서 까르륵 웃어대기 시작했다. 결국 인내심이 한계에 다다른 엄마가 화를 냈다.

"너희들, 이 집에서 나가!"

퇴근하고 파김치가 되어 돌아온 엄마의 참을성은 그리 길지 못했다. 그제야 아이들은 사태의 심각성을 인지하고 몸을 바로 일으켰다. 그러면서도 못내 이해가 가지 않는 눈치였다. 조카 1이 말한다.

"불을 끈다는 말은 없었잖아요."

머뭇거리던 조카 2도 용기를 내어 말을 보탠다.

"엄마, 그 말은 좀 인권적이지 못한 것 같아!"

그 순간 두 조카의 엄마이자 윤영의 언니는 머리가 띵 하면서 정신이 번쩍 들었다고 했다.

세계아동인권선언(1959)은 아동이 보호받는 것을 권리로 규정하고 있다. 안전한 장소에서 어른에게 보호받는 일은 세상 모든 아이들이 누려야 할 소중한 권리인 것이다. 늦은 시각에 집 밖으로 내보내는 건 그런 권리를 박탈하는 것이니까 당연히 인권 침해가 된다. 조카의 지적은 아주 날카롭고 정확한 것이었다.

인권은 인간 누구에게나 있는 권리다. 그러나 세상에는

자신의 인권을 주장하기 힘들거나 제대로 보호받지 못하는 사람들이 있다. 폭력이나 학대처럼 극단적인 상황이 아니라면 인권의 개념이 흐릿해질 때도 많다. 영역이 무척 광범위하기도 하고, 교과서에서 읽은 것을 나의 삶과 연관 짓는 일은 꽤 어렵기 때문이다.

인권이 눈에 보이고 손에 만져질 만큼 선명한 것이 되려면 인간에 대한 깊은 애정과 이해가 필요하다. 이것을 '인권 감수성'이라 부른다. "인간이면 누구나 누릴 수 있는 당연한 권리"라는 교과서적 설명을 뛰어넘어 타인을 머리와 가슴으로 동시에 이해하려는 자세다.

윤영과 준우는 인권을 연구하는 전문가는 아니다. 하지만 종종 눈물이 날 것 같고 때로는 온몸이 뜨겁도록 화가 치솟는 순간들을 지나며 인권이 무엇인지 배웠다. 많은 사람들이 장애를 이유로 윤영을 마치 인권이 없는 사람처럼 대했다. 그때마다 둘은 아이러니하게도 다른 사람의 인권이 얼마나 소중한지 알게 되었다. 인권을 무시당할수록 인권감수성이 깊고 풍부해졌던 것이다.

지금부터 말하려는 인권도 그런 것들이다. 둘을 훑고 지나간 무수히 많은 사건들 속에서 차곡차곡 나려온 생각늘이 밑바탕이 되었다.

윤영이 인권 수업을 처음 듣던 날, 인권은 인간이 존엄하게 살아가기 위해 만들어진 권리라는 사실을 배웠다. 인간은 그 자체만으로도 너무나 귀하니까 자신이 소중한 만큼 남도 소중하게 여기자고 서로 약속했다는 것이다. 그 약속이 퍽 멋있었기 때문인지 곧바로 상상의 나래가 펼쳐졌다. 친구랑 분식집에 가는 장면이었다.

윤영은 떡볶이를 좋아하지만 친구는 김밥을 좋아한다. 목메고 퍽퍽한 음식을 어쩜 저렇게나 먹을 수 있는지 도무지 이해가 되지 않지만 어쨌든 잠자코 바라보기로 한다. 바라보다 보니 '뭐, 김밥을 좋아할 수도 있지'라는 생각이 든다. 그의 입맛을 존중하기 때문에 "김밥이 뭐가 맛있다고 맨날 그것만 먹냐? 떡볶이나 먹어!"라고 말하지 않았다. 윤영이 상대를 존중해준 덕분에 그 애는 앞으로도 윤영의 눈치를 볼 필요가 없어졌다. 김밥을 좋아하는 사람으로, 가장 그 애다운 모습으로 살아가게 될 것이다. 분식집에서 지켜진 존엄성이라니! 얼마나 멋있고 맛있는 장면인가!

하지만 수업을 마치고 집에 돌아오는 길에는 조금 억울하다고 해야 할까? 약간 슬픈 기분이 되었다. 모든 사람을 동등하게 존중하며 똑같이 대하자고 약속했다면서 어째서 자신에게는 지켜지지 않았는지, 되묻고 싶은 얼굴들이 무수히 떠올랐다.

　한편, '존중'에 대해 기억을 더듬던 준우는 가족 안에서 경험한 존중이 떠올랐다. 준우는 어린 시절 가족과 함께 성당에 다녔다. 그런데 성당에는 TV도 장난감도 없었다. 주일마다 지루함을 참을 수 없었던 준우는 말했다. "10살이 되면 성당에 다닐게요."

　약속은 지켜졌을까? 아니다. 다시 핑계를 댄다. "아직 만으로 9살이니까 내년에 진짜 다닐게요." 솔직히 말하면 성당에 다니길 바랐던 부모님의 기대를 저버릴 수 없어서 지어낸 말이었다. 결국 11살이 되던 해, 띄엄띄엄 다니던 성당을 완전히 나가지 않게 되었다.

　하지만 준우의 부모님은 한 번도 강요하지 않았다. 어쩌면 그동안 성당을 빼먹고 놀러 다녔다는 사실도 알고 계셨을 것이다. 그러나 추궁받은 적은 없다. 오히려 '성당이 싫다면 그 시간에 네가 하고 싶은 걸 하는 게 좋겠지'라고 이해하셨다. 덕분에 준우는 마음 놓고 열심히 놀았다. 고등학교 3학년 때는 봉사활동을 열심히 다녔다. 고3이 봉사활동이라니 누군가는 깜짝 놀라겠지만 준우는 부모님의 반대에 부닥치지 않았다.

물론 이 중요한 시기에 공부를 더 하는 게 어떻겠냐는 걱정을 듣긴 했다. 그러나 공부가 아니더라도 다른 활동을 통해 의미 있는 방향을 찾을 것이라고, 좋아하는 일을 하며 행복을 찾는 사람이 될 것이라고 믿어주셨다. 부모님은 준우를 통제해야 하는 대상이 아닌 동등한 위치의 가족으로 인정하고 있었다.

존엄성을 지켜주는 인권

인권은 모든 사람이 가지고 있고 인류가 멸종하지 않는 이상 사라지지 않는다. 내가 태어나는 순간 당연히 갖게 된 것이므로 남이 빼앗아 갈 수도 없다. 내가 살고 싶은 곳을 정하면 국가는 안전하고 안락하게 살아갈 수 있도록 보호해야 한다. 필요한 교육을 받고 원하는 직업을 선택하는 데 간섭받지 않을 자유도 당연히 포함된다. 인권은 '인간이 존엄하게 살아가는 데 필요한 권리'니까 우리가 숨 쉬며 경험하는 모든 일들이 사실상 인권과 관련되어 있다.

그렇다면, 존엄한 삶이 대체 무엇이기에 인권이라는 개념을 통해 보호하는 걸까?

사전에서는 존엄성을 '인물이나 지위 따위가 감히 범할 수 없을 정도로 높고 엄숙한 것'이라고 정의하고 있다. 달리 말하면 내 존재 자체가 엄청나게 소중하다는 뜻이다. 공부를 못하건 잘하건, 가난하건 부유하건, 장애가 있건 없건 상관이 없다는 것이다.

존엄성이 지켜지려면 인간이 수단으로 전락해서는 안 된다. 인간은 존재 자체가 목적이며 모든 인간은 나답게 살아야 하는데, 누군가의 이익 때문에 내가 이용당하는 순간 수단이 되는 것이다.[16] 생산량을 최대한 늘리기 위해 노동자의 휴식이나 안전을 무시한 채 공장을 가동하는 사장이 있을 때, 또는 장애인에게 나오는 지원금을 가로챌 목적으로 시설을 만드는 시설장이 있을 때 그런 일이 일어난다.

그래서 인권이 있다. 노동자가 안전하게 일할 수 있는 환경을 갖추고 장애인들이 인간답게 살아갈 수 있도록 규칙을 만드는 데 밑바탕이 되는 것이다. 개인의 결심이나 노력에만 맡겨둘 수 없는 중요한 일들은 법률을 만들어 보호받을 수 있게 한다. 이를테면 아동과 청소년의 의무교육을 명시한 초중등교육법, 국민기초생활보장법, 근로기준법, 장애인차별금지법, 청소년 보호법, 최저임금법 같은 것들이다.

차별과 배제를 넘어서려면

지금이야 상상도 못 할 일이지만 1970년대에는 사회 곳곳에서 인권탄압이 아무렇지도 않게 일어났다. 남성이 머리를 기르고 다니다 걸리면 그 자리에서 머리카락이 뭉텅뭉텅 잘려 나갔고, 여성이 짧은 치마를 입어도 단속 대상이었다. 경찰들이 자를 들고 다니면서 무릎 위 20cm보다 짧으면 벌금을 매겼다. 술집에서 대통령을 욕하기만 해도 반공법 위반으로 잡혀가는 무서운 세상이었다.

자정이 되면 통행금지가 시작되면서 온 나라가 멈춰 섰다. 길거리를 오가다 순경에게 걸리면 파출소로 잡혀갔고, 한국으로 오던 비행기가 어쩌다 연착되어 밤 12시를 넘기면 가까운 다른 나라에 착륙해야 했다.

지금은 이런 웃지 못할 국가적 통제는 존재하지 않는다. 그러나 사람과 사람 사이에서 누군가를 배제하거나 차별하는 일은 사라지지 않았다. 오히려 과거보다 더욱 은밀하고 강력해졌는지도 모른다.

윤영은 옷 가게에 들어설 때마다 주인의 눈치를 재빠르게 살핀다. 주인의 안색이 안 좋으면 바로 나갈 생각으로 말이다. 언젠가 옷 가게에서 '입구 컷'을 당한 경험이 트라우마가 되어 자기도 모르게 눈치를 보기 시작했다. '또 나가라고 하면 어쩌지?'란 생각을 좀처럼 떨칠 수가 없었다.

그날 일은 지금도 생생하다. 대형쇼핑몰 안에 입점한 옷 가게에 들어가려다 거부를 당했다. 발도 들이지 못한 완벽한 입구 컷이었다. 그곳은 서울에서도 손꼽히는 쇼핑몰이었고 규모가 으리으리했다. 문제의 옷 가게 또한 웬만한 쇼핑몰에는 꼭 하나쯤 있는 대형 브랜드였다. 검은 정장을 입고 입구에 서 있던 보안 직원이 윤영에게 다가왔다.

"손님, 죄송합니다만 저희 매장에는 전동휠체어를 타고 출입할 수 없습니다."

흠잡을 데 없이 친절하지만 미안함이나 망설임 따위는 전혀 느껴지지 않는 말투다. 그게 윤영을 더욱 혼란스럽게 만들었다. 두 귀로 똑똑히 들었는데도 무슨 말인지 알 수가 없다. 마치 다른 나라 언어처럼 낯설게 느껴졌다.

머릿속이 몇 초 동안 달그락거린 뒤에야 겨우 되물었다. "네? 왜… 그런가요?"

예상했던 질문이라는 표정으로 직원이 술술 그 이유를 늘어놓았다.

"예전에 전동휠체어와 어린아이가 부딪쳐서 아이의 다리

가 부러지는 사고가 났었어요. 그 뒤부터 저희 브랜드의 모든 매장에서는 보호자와 함께 온 수동휠체어 사용자만 입장을 허용하고 전동휠체어 사용자는 출입을 금하고 있습니다. 죄송합니다."

불과 며칠 전 다른 지점에 갔을 때는 아무 말도 없었기 때문에 윤영은 확실히 알고 싶었다. 그러려면 책임자와 이야기를 나누어야 했다. 잠시 뒤 다른 직원이 다가와서 말했다.

"전동휠체어는 급발진의 위험이 있잖습니까? 아이의 피부는 어른보다 약하고, 아이가 어디서 어떻게 튀어나올지 몰라 더 위험하니까요. 위에서 내려오는 방침이라 우리가 어떻게 해드릴 수가 없네요."

사람만 바뀌었을 뿐 대화의 진전은 없었다. 고구마를 먹은 것처럼 목이 콱 막혔다.

이건 답변이 아니다. 왜 그런 사고가 일어났는지, 고의로 사고를 낸 게 아니면 서로가 부주의했다는 건데 어째서 전동휠체어 사용자만 못 들어오게 됐는지, 정말 다른 대안이 없었는지 등을 설명해야 제대로 된 답변이다. 하지만 그들은 윤영이 빨리 나가주기만을 바라고 있었다. 전동휠체어의 급발진을 이유로 댄 것에는 헛웃음이 나왔다. 좀 더 그럴싸한 이유를 대줬다면 화가 덜 났을까? 윤영은 결국 화를 참지 못하고 말했다.

"전동휠체어가 급발진하면 저도 다쳐요! 교통사고는 하루에도 수없이 일어나는데 도로 위에 차는 왜 여태 다니고 있나요? 이런 방침은 차별이에요!"

어느새 세 명의 보안 직원들이 윤영을 둘러싸고 있었다. 그들은 차별이 아니라고만 얘기할 뿐 더 이상의 말을 이어가지 못했다. 이곳에서 일어났다는 일은 "전동휠체어는 모두 위험해!"라는 결론으로 몰고 갈 문제가 아니다. 단지 '불의의 사고'인 것이다. 도로 위 자동차들은 왜 계속 다니는가? 사고의 위험이 언제나 도사리고 있는데도 자동차가 사라질 수 없는 건 그것이 인간에게 꼭 필요한 이동 수단이기 때문이다.

전동휠체어도 마찬가지다. 안 타면 그만인 선택의 문제가 아니다. 신체의 일부와도 같은 휠체어는 윤영에게 꼭 필요한 이동 수단이다. 살이 보드랍고 언제 어디로 튈지 모르는 천진난만한 아이가 옷 가게에 들어올 수 있듯이, 전동휠체어를 탄 윤영도 얼마든지 들어갈 수 있어야 하는 것이다.

심지어 공공도서관도 이용하지 못한 적이 있다. 윤영이 새로운 동네로 이사하고 얼마 안 되었을 무렵이었다. 주차장을 지나 경사로를 통해서 도서관 안으로 들어갈 수는 있었다. 한쪽에 어린이 열람실이 있었고 맞은편에는 영상물 등이 있는 종합자료실이 보였다. 하지만 일반자료실은 눈을 씻고 찾아봐도 보이지 않는다. 마침 지나가는 사서를 붙잡고 물어보았다.

"아, 일반자료실은 2층인데…. 여기가 엘리베이터가 없어요."

공공도서관에 엘리베이터가 없다니! 예상치 못한 전개에 윤영의 눈이 똥그래지자 사서는 서둘러 말을 이어갔다.

"장애인분들은 집으로 책 보내드리는 서비스 있는데 그거 하세요."

그러고는 더 이상 해줄 말이 없는지 급하게 그 자리를 떠났다. 그가 말한 것은 '책나래'라는 서비스였다. 도서관에 오기 힘든 장애인이 인터넷으로 대출을 신청하면 우편으로 보내주는 방식이다.

그걸 몰라서 직접 온 게 아니었다. '책 고르기'는 윤영에게 아주 특별한 의미를 갖는다. 직접 만져서 부피와 무게와 표지의 촉감을 느끼고, 책장을 후루룩 넘겨가며 작가가 어떤 이야기를 하고 있는지 파악하고, 뒤표지에 나오는 추천사까지 보는 것을 두루 포함하는 일종의 이벤트라고 할까? 하지만 책나래 서비스를 이용하면 이런 과정을 모두 생략한 채 제목과 작가만 보고 골라야 한다. 책을 받아보기 전까지는 본인이 진짜 원하던 책인지 아닌지 알기가 어렵다. 그래서 대출보다 직접 방문을 선호했었는데…. 결국 그날은 빈손으로 돌아 나왔다.

도서관에 가지 못한다고 해서 책을 빌릴 방법이 없는 것은 아니다. 사서의 말대로 책나래 서비스를 이용할 수도 있고, 엘리베이터가 설치된 다른 도서관에 찾아갈 수도 있다. 좀 넓게 생각하면 차선책이 충분히 있다. 그런데도 왜 평소처럼 쿨하게 넘기지 못하고 이 일을 곱씹게 되었을까? 그곳이 다름 아닌 공공도서관이었기 때문이다. 시민이라면 누구나 올 수 있는 장소지만 장애인은 그 '누구나'에 포함되지 못한 것이다.

장애인 배제는 맨 처음 건물을 설계하던 순간부터 발생했다. 도서관을 지을 때 엘리베이터를 설치하지 않았기 때문에 그곳은 두 다리로 걸을 수 있는 사람만을 위한 곳이 되었다. 다시 말하면, 계단을 오르지 못하는 사람들이 올 줄 몰랐다는 뜻이기도 하다. 엘리베이터가 필요한 장애인들이 세상에 없는 사람 취급을 받은 것이다.

앞서 말한 옷 가게에서도 운영은 없는 사람, 또는 안 와도 될 손님으로 배제되고 있었다. 매장에서 사고가 났다면 그런 사고가 왜 일어났는지 여러모로 살펴봐야 한다. 아이와 전동 휠체어의 충돌이 결과라면 그에 앞선 여러 가지 원인이 존재한다. 단순한 운전 미숙일 수도 있고, 갑자기 일어난 불가항력적 상황이었을 수도 있다. 또는 통로가 너무 좁았거나 옷걸이가 너무 빼곡해서 시야를 가렸을 수도 있다. 사고를 일으킬 만한 위험 요소가 없었는지 꼼꼼히 따져보는 게 상식이다. 비장애인들끼리 부딪쳤다면 당연히 그렇게 했을 것이다.

그러나 그들은 가장 빠르고 손쉬운 방법을 선택했다. 사고 원인을 전동휠체어 사용자로 단정 짓고 입장을 막아버린 것이다.

문제가 생겼을 때 원인을 찾을 생각은 하지 않고 무조건 한쪽을 배제해버리는 것은 윤영에겐 그리 낯선 경험이 아니다. 옷 가게는 들어오지 말라고 막고, 도서관은 못 올라간다며 돌려보낸다. 그들에게 장애인은 안 와도 그만인 사람, 조금 더 심하게 말하면 안 오면 좋을 사람이다. 그런다고 그 장애인이 지구 밖으로 사라져버리는 것도 아닌데 말이다.

요즘엔 '노 키즈 존'이 하나둘 늘어나고 있다고 한다. 아이들이 시끄럽게 떠들고 부주의하게 뛰어다녀서 다른 손님들에게 방해가 된다며 출입을 제한하는 카페나 음식점이 많아졌다는 것이다. 노 키즈 존을 옹호하는 사람들은 "맘충들이 더 문제"라며 "문제가 있는 사람들을 못 들어오게 하는 건 당연하다"고 목소리를 높인다. 그런데 사람을 그렇게 문제가 있다, 없다로 구분하는 건 사실 아무짝에도 쓸데가 없다. 우리 모두는 누군가에게 조금씩 민폐이고 또 누군가에게는 조금씩 도움이 된다. 너무 연약해서 서로에게 영향을 주고받으며 살도록 설계된 것이 인간이기 때문이다.

다 큰 어른이라고 해서 남에게 평생 민폐를 안 끼친다고 장담할 수 있을까? 아이들이 시끄럽다고 하지만 훨씬 시끄러운 어른들도 많다. 공공장소에서 큰 소리로 통화하는 건 대부분 어른들이다. 아이들이 문제인 게 아니라 특정인을 배제하려는 태도가 문제고, 그래도 괜찮다는 비뚤어진 사고방식이 문제다. 옷 가게와 도서관에서 윤영에게 그랬던 것처럼 말이다.

이런 문제들을 해결하기 위해 한국다양성연구소에서는 '모두를 포함하는 공간'을 만들자고 제안한다.

'아이들은 떠들어서 시끄럽고, 뛰어다녀 위험해서 오지 마라, 장애인은 불편하니 오지 마라, 노인들은 시끄럽고 불편하고 냄새

나니 오지 마라, 약한 여성들 오지 말고 맘충도 오지 마라'고 한다면 과연 누가 남겠습니까? 아무도 이 공간에, 이 사회에, 이 마을에 남지 않는 세상이 될 겁니다. 그것은 나에게 결국 영향을 미치게 됩니다. 누군가 들어오지 못하는 공간을 만들 것이 아니라 그 공간에 규칙을 만드는 게 바람직합니다. 손님들이 규칙을 잘 지킬 수 있도록 설명하고, 다른 사람들에게도 아이들과 노인과 장애인들과 함께 쓰는 공간이라는 것을 이야기해야 하죠. 그 공간이 모두를 포함하는 공간이 될 수 있도록 말이에요.[17]

윤영이 입구 컷을 당했던 옷 가게로 돌아가보자. 통로를 좁히는 상자들을 치우고, 옷걸이와 옷걸이 사이를 넓히고, 코너마다 볼록거울을 설치해 시야를 확보한다. 그리고 입구에는 〈모두가 편리하고 안전하게 이용하기 위한 안전 수칙〉을 걸어둔다. 거기에는 이렇게 쓰여 있을 것이다. 첫째, 매장 안에서는 뛰어다니지 않는다. 둘째, 코너를 돌 때는 양옆을 잘 살핀다. 셋째, 이동할 때는 옷을 쳐다보지 말고 앞을 본다.

그런데도 잘 지키지 않는 손님이 있다면 직원이 나서서 친절하게 말해준다. "이곳에는 어린이 손님도 있고 휠체어를 사용하는 손님도 있어요. 모두가 이용하는 곳이니까 함께 조심해주세요."

그랬다면 윤영이 입장을 거부당하는 일 따위는 벌어지지 않았을 것이다.

장애인차별금지법, 그로부터 15년

한 사회의 인권 수준을 파악할 때 가장 기초가 되는 건 다름 아닌 법률이다. 우리나라에서 장애인 인권을 보호하기 위해 제정된 첫 번째 법률은 1981년의 〈심신장애자복지법〉이었다. 제정 이후 지금까지 여러 차례 개정이 이루어졌으며 1989년에는 〈장애인복지법〉으로 이름이 바뀌었다. 이 법의 제1조에는 "…장애인의 복지와 사회활동 참여증진을 통하여 사회통합에 이바지함을 목적으로 한다"는 내용이 실려 있다.

장애가 있거나 나이가 많거나 임신 중이더라도 가고 싶은 곳에 쉽게 가고 시설물을 편하게 이용할 수 있도록 해주는 내용은 〈장애인·노인·임산부 등의 편의증진 보장에 관한 법률〉(1997)에 담겨 있다. 장애인 주차구역 설치 의무를 처음으로 규정한 게 바로 이 법률이다. 장애 때문에 혼자 생활할 수 없는 사람이 자립해서 살아갈 수 있도록 지원해주는 〈장애인 활동 지원에 관한 법률〉(2011)도 있다.

여러 법률들 중에서 특히 소개하고 싶은 것은 2007년에 제정되어 이듬해부터 시행된 〈장애인 차별금지 및 권리구제 등에 관한 법률〉(이하 '장애인차별금지법')이다. 이 법에서는 모든 생활 영역에서 장애를 이유로 한 차별을 엄격히 금지하고 있다. 직접적인 차별은 말할 것도 없고, 아래와 같은 행동들 또한 차별로 간주된다.

- 장애인을 정당한 사유 없이 제한·배제·분리·거부해서 불리하게 대했을 때
- 겉으로 드러내지는 않았지만 장애를 고려하지 않아서 결과적으로 불리한 결과가 생겼을 때
- 장애인에게 꼭 필요한 편의 제공을 별 이유 없이 하지 않을 때
- 장애인에게 불리한 내용을 담은 광고를 하고 그러한 효과가 생겼을 때
- 장애인을 돕는 사람, 안내견, 장애인 보조기구 등을 차별적으로 대할 때

이 법이 생긴 뒤부터 장애를 이유로 차별당한 사람은 국

가인권위원회(이하 '국가인권위')에 진정을 넣을 수 있게 되었고, 국가인권위는 자체 조사를 거쳐 중재해야 할 의무가 생겼다. 차별로 인정되면 가해자에게 적절한 조치를 취하고(인용), 차별이 아니라고 판단되면 진정을 기각한다(미인용). 비록 완벽하지는 않더라도, 차별받은 장애인을 구제하고 보호할 수 있는 법률적 수단이 처음으로 생긴 것이다.

반응은 즉시 나타났다. 2008년 4월 11일 〈장애인차별금지법〉이 시행된 후 2년 동안 장애인 차별에 관한 진정 건수가 전체 진정 2,778건 가운데 1,390건(50%)으로 크게 늘었다. 1년에 695건이니까, 법률 시행 전의 연평균 90건과 비교해보면 7.7배가량 증가한 셈이다.[18] 그중에서도 누군가로부터 괴롭힘을 당했다는 진정이 특히 많았는데, 이에 대해 국가인권위는 이런 분석을 내놓았다.

"…괴롭힘 등의 이유로 진정을 접수한 건수가 법 시행 전후를 비교하면 월평균 0.2건에서 12건으로 60배 가까이 늘었다. (중략) 그동안 사적 영역에서 장애인에 대한 차별 및 편견이 방치돼 왔음을 알 수 있다."[19]

〈장애인차별금지법〉이 없었을 때는 아무리 모욕적 언행

을 당하더라도 그것이 '차별'이라고 말할 법적 근거가 없었다. 병신이라고 놀림을 받아도, 재수가 없다고 거부당해도 어디 한 군데 하소연할 곳조차 없었다. 그러다가 이 법이 시행되자 진정 건수가 폭발적으로 쏟아졌던 것이다.

그러나 진정을 신청한다고 해서 모든 사건이 해결되는 것은 아니다. 국가인권위 최근 통계에 따르면, 2021년에 신청된 진정 830건 중에 인용이 된 건수는 고작 67건에 불과하다.[20] 나머지는 이런저런 이유로 각하되거나 기각되어 없던 일이 되어버렸다.

윤영에게도 그런 경험이 있다. 옷 가게에 들어가지 못하고 거부당한 뒤 국가인권위에 진정을 넣었지만 기각 판정을 받았다. 윤영 입장에서는 명백한 차별이었지만 심판관들은 전혀 다른 판단을 내린 것이다. 어떤 게 차별이고 어떤 게 아닌지, 아직까지 위원회 내에서도 분명한 기준을 갖고 있지 못한 까닭이다. 차별을 해결하는 데도 그만큼 소극적이고, 그래서 기각되는 사건들이 대부분이다.

다행히 차별로 인정되더라도 국가인권위에서 할 수 있는 조치는 많지 않다. 차별행위를 한 사람에게 시정을 '권고'하는 수준이다. 강제성이 없는 〈장애인차별금지법〉만으로는 처벌이 어렵고 강력하게 개선을 명령할 수도 없다. 쉽게 말해서 "당신의 잘못을 인정하고 이제라도 좀 고쳐보시죠"라고 말하는 수준이라는 것이다.

법 시행 초기에는 그동안 피해를 당해온 많은 장애인들이 희망을 품고 진정을 넣었기 때문에 신청 건수가 치솟았을 것이다. 그러나 피해 구제로 이어지는 경우는 매우 적었다. 차별을 없애거나 눈에 띄게 줄이지도 못했다. 그러다 보니 아직도 장애인이라는 이유로 문전박대를 당하는 일이 종종 일어나고 있다.

이런 일들을 직접 겪거나 보거나 들을 때마다 윤영은 새삼 깨닫는다. 차별을 금지하는 법이 있다고 해서 그것만으로 차별이 사라지지는 않는다는 것을! 그 법조문 속에는 멋있고 아름다운 표현들이 한가득이지만, 그 말이 현실이 되려면 아직 갈 길이 너무나 멀다.

장애인도 아닌데
왜 장애인 인권을
알아야 할까?

우리는 모두 예비 장애인?

장애인 인권에 대해 설명하는 교사나 강사들의 단골 멘트가 하나 있다. 학생들이나 청중들이 산만해진다 싶을 때 꺼내는 비장의 카드! 여러분, 본인이 장애인이 아니더라도 이 문제에 관심을 가져야 해요. 이건 절대 남의 일이 아니거든요. 왜냐하면….

"우리는 모두 예비 장애인이기 때문이에요."

무슨 말인가 하면, '예비 중학생'이나 '예비 고등학생'처럼 미래에는 누구나 장애인이 될 거라는 얘기다.

윤영과 준우는 이 말이 엄청 구리다고 생각하지만 웬만

하면 잠자코 있는 편이다. 워낙 자주 듣는 데다가, 사실관계만 놓고 보면 틀린 말은 아니기 때문이다.

얼핏 생각하면 처음부터 장애가 있던 사람이 줄곧 장애인으로 살 것 같지만 실상은 그렇지 않다. 비장애인으로 태어났다가 질병이나 사고로 장애인이 될 확률이 훨씬 더 높다. 나이가 든 뒤에도 마찬가지다. 인간의 수명이 늘어나면서, 신체 기능의 일부를 잃은 상태로 살아가는 시간도 그만큼 늘었기 때문이다.

윤영처럼 장애를 가지고 태어난 경우, 즉 '선천적 원인'은 전체 장애인의 5.1%에 불과하다. 반면 태어난 후에 장애인이 되는 '후천적 원인'은 88.1%나 된다. 장애 인구 10명 중 9명은 비장애인으로 살다가 어느 날 갑자기, 혹은 서서히 장애인이 되는 것이다.[21]

그러나 이걸 근거로 장애인 문제에 대한 관심을 호소하는 사람을 만나면 윤영과 준우는 탐탁지 않은 기분이 된다. 장애 문제에 관심을 가져야 하는 이유가 단지 후천적으로 장애인이 될 확률이 높기 때문일까? 윤영과 준우는 아니라고 생각한다. 그래서 '예비 장애인'이라는 단어가 도무지 마음에 들지 않는다. "언제 장애인이 될지 모르니까 너도 당하기 전에 지금부터 편견을 깨놔야 해!"라는 은근한 협박이 담겨 있는 것처럼 느껴진다.

　그렇다고 등골이 서늘해질 만큼 위협적이지도 않다. 그런 말을 듣는다고 자기가 머지않아 장애인이 될 거라 생각하는 사람이 얼마나 될까? 일어나지도 않은 일을 미리 떠올리려면 상당한 상상력이 필요하다. 젊고 건강한 사람들에겐 어차피 와 닿지도 않는다. 애초부터 부정적이었던 '장애'에 공포감까지 얹어서 억지로 공감을 강요하는 것에 불과하다.

　제일 나쁜 점은, 나중에 정말로 장애인이 되었을 때 그걸 제대로 '예방'하지 못한 자신에게 책임의 화살을 돌리게 만든다는 점이다. 질병이나 사고는 막을 새도 없이 별안간 찾아오는데, 그걸 자기 잘못으로 생각하게끔 만들기 때문이다. 그때 거기에 가지 말걸, 그 차를 타지 말걸, 평소에 운동을 좀 할걸 등등. 하지만 후천적 장애는 건널목을 주의 깊게 건너거나 평소에 운동을 열심히 하는 것과는 별로 상관이 없다. 그런데도 본인의 잘못으로 치부되는 건 결코 옳은 일이 아니다.

　효과도 의심스러운 데다가 쓸데없이 스스로를 질책하게 만드는 '예비 장애인' 논리는 그래서 불필요하다. 장애인이 아닌데도 장애인 인권에 관심을 가져야 하는 이유는 단순하다. 모든 인간에게 똑같은 권리가 있다는 사실을 잊지 않기 위해서다. 장애인이 될 확률 따위와는 아무 상관이 없는 것이다.

존중받을 만한 장애인이 따로 있을까?

좀 상투적으로 들리긴 해도 "장애인도 똑같은 인간입니다!"라는 주장에 반대하는 이는 없을 것이다. 장애인도 인권을 갖고 평등하게 살아야 한다는 것에는 이견이 없기 때문이다. 그러나 정말로 그렇게 생각하는지는 좀 따져봐야 한다.

자기가 진짜 그렇게 생각하는지, 말만 그렇게 하는 사람인지 확인해볼 수 있는 방법이 있다. 〈이상한 변호사 우영우〉를 떠올려보는 것이다. 별나긴 해도 사건을 척척 해결하는 우영우를 보면 '그래, 장애인도 저렇게 남들과 다름없이 살아야지'란 생각이 쉽게 든다. 그러나 지하철에서 시위하는 장애인을 만난다면 어떨까? 여전히 그 생각에 변함이 없을까? '저들도 다름없이 살아야지'란 생각보다 불만과 비난의 감정이 먼저 고개를 든다면, 지금까지 말로만 평등을 내세우고 있었을 가능성이 높다. 겉으로는 동의하면서도 속으로는 저들이 나와 똑같은 사람이라고 인정하지 않고 있었다는 얘기다.

이런 상태에서는 존중받을 만한 장애인과 존중받을 가치가 없는 장애인이 따로 있다는 착각에 빠지기 쉽다. 착하고 유능한 우영우를 볼 때는 너그러운 마음이 들지만 지하철에서 만난 장애인에게는 그런 마음이 들지 않는다. 자신이 정한 기준에 따라 잣대가 바뀌기 때문에, 마음에 안 드는 장애인에게는 "장애가 벼슬인 줄 안다"는 극악한 말도 서슴지 않게 된다. 저 사람들이 나와 동등한 사회구성원이었는지조차 흐릿해지는 것이다.

여기서 힘주어 말하고 싶은 사실은, 존중받을 만한 장애인과 그렇지 못한 장애인이 따로 있지 않다는 점이다. 인간은 누구나 존중받아야 하며, 윤영처럼 적절한 지원이 뒷받침될 때 비로소 제 능력을 발휘할 수 있는 사람도 있다.

부모님과 함께 시골에 살 때 윤영은 아무것도 할 수 없는 사람이었다. 학교에만 못 다닌 게 아니다. 그 '아무것도'가 어디까지인가 하면 밥을 차려 먹고, 물을 마시고, 옷을 꺼내 입고, 손을 씻고, 양치하고, 심지어는 화장실을 가는 것까지다. 물론 외출도 포함이다. 현관문을 열자마자 계단이 시작됐기 때문에 집 밖을 나서려면 부모님에게 안기는 수밖에 없었다.

그래야 마당에 세워져 있던 휠체어를 탈 수 있었는데, 그걸 탄다고 어디를 막 갈 수 있는 것도 아니었다. 마당을 한 바퀴 돌거나 집 앞을 산책하는 게 다였다. 휠체어로 탈 수 있는 택시나 저상버스가 한 대도 없었거니와, 설령 시내에 나간다고 해도 들어갈 수 있는 건물이 없으니 '외출'은 윤영에게 쓸데 없는 단어였다. 그야말로 첩첩산중 속에 살았다.

그런 윤영이 서울로 올라가서 자립하겠노라 선포했을 때 온 가족이 깜짝 놀랐다. 혼자서는 '아무것도' 못 할 거라 믿었기 때문이다. 당연히 맹렬한 반대에 부딪쳤고, 걱정이 가장 컸던 아빠는 "네가 어떻게 혼자 산다는 거냐? 밥 한 끼도 못 차려먹고 굶어 죽을 거다"라는 무시무시한 으름장을 놨다. 하지만 윤영은 여기서는 아무것도 할 수 없기 때문에 더욱 자립이 필요하다고 생각했다.

그 생각은 정확히 적중했다. 서울의 장애인자립생활센터에서 내어준 집[22]에서 얼마간 혼자 살기 시작했을 때, 집 안에서도 전동휠체어를 탈 수 있게 되자 윤영의 삶은 180도 달라졌다. 옷장, 책상, 냉장고 등 모든 집기에 손이 닿았고 방, 주방, 화장실 등 모든 공간에 갈 수 있었다. 더 이상 엄마가 일을 끝내고 돌아오실 때까지 배고픔을 침지 않아도 됐다. 예전에는 화장실이 가고 싶어질까봐 물도 못 마셨지만 이제 그럴 필요가 없었다. 배고플 때 밥을 먹고 화장실이 가고 싶을 때 언제든 갈 수 있었다.

혼자 할 수 없는 일들은 활동지원 서비스를 통해 해결할 수 있었다. 활동지원사가 집으로 찾아와 약속된 시간 동안 윤영이 요청하는 일들을 정확히 수행해주었기 때문에, 이제 불가능한 일이 '아무것도' 없을 정도였다.

엘리베이터를 타면 언제든 집 밖으로 나갈 수 있었다. 지하철이 있는 서울의 장점도 최대한 누렸다. 집과 가까운 역에서 지하철을 타고 점점 더 먼 곳까지 갈 수 있게 된 것이다. 많은 곳을 돌아다니며 많은 사람을 만났다. 윤영은 본인이 예전보다 조금은 중요한 사람이 되었다고 느꼈다. 자유롭게 움직이고 사람을 만나고 공부하는 동안, 하고 싶은 일도 수십 가지나 생겼다. 인간에게 자유보다 중요한 건 없다는 사실을 알게 됐다. 평범한 일상을 난생처음 누릴 수 있게 되자 세상에 기여할 방법도 어렴풋이 보이기 시작했다.

만약 존중받을 만한 장애인이 따로 있다면, 어릴 적 윤영은 절대 그 축에 끼지 못했을 게 뻔하다. 집 안에서만 사는 윤영을 가치 있게 바라봐주는 어른은 없었다. 청소년이 된 뒤에도 가족들과 식당에 가면 윤영의 자리에만 수저 세트가 놓이지 않을 정도였다.

하지만 전동휠체어를 타고 활동지원 서비스를 받게 되자 주변의 시선도 달라졌다. 윤영이란 사람이 통째로 바뀐 것도 아닌데 이상하지 않은가? 남들처럼 직장에 다니고 집을 구하고 연애를 하는 동안, 윤영을 다른 사람이 돌봐줘야 한다거나 책임져야 한다고 생각하는 사람은 아무도 없게 되었다. 윤영을 둘러싼 환경이 바뀌자 모두가 그를 달리 보았고, 대하는 태도도 완전히 달라졌던 것이다.

사람들은 알고 있을까. 존중받지 못할 때도 존중받기 시작한 뒤에도, 윤영은 언제나 똑같은 사람이었다는 것을.

윤영이 혼자서도 잘 살 수 있는 이유

혼자 살면 굶어 죽을지도 모른다더니, 아빠가 걱정한 것이 머쓱해질 정도로 윤영은 잘 살았다. 잘 사는 동안 가끔씩, 얼굴도 모르는 사람들에게 미안하거나 고마운 마음이 들었다. 윤영을 혼자서도 잘 살게 만들어준 다양한 지원 제도들이 있었는데, 그게 어떤 과정을 거쳐 생겨났는지 일게 된 뒤부터 그랬다.

가장 먼저 알게 된 것은 활동지원 제도에 대한 것이었다. 2010년에 이 제도가 정식으로 실시되기까지 여러 번의 고비가 있었는데, 그때마다 외면하지 않고 목소리를 내준 사람들이 있었다.

서울시가 시범 운영 중이던 활동지원 서비스 예산을 삭감하겠다고 발표했던 때도 그랬다. 장애인들에게는 돈이 부족하니 이해해달라고 하면서, 한편으로는 한강 노들섬에 화려한 오페라하우스를 짓겠다는 계획을 세우고 있었다. 이유는 뻔하다. 오페라하우스는 어디서나 눈에 띄지만 장애인들은 집 아니면 시설에만 틀어박혀 있기 때문에 잘 보이지 않는다. 눈에 띄지 않는 사람들의 생존권은 그렇게 가벼운 것으로 여겨졌다.

분별없는 정책에 분노한 장애인들이 맨몸으로 한강 다리를 건넜다. 그들은 휠체어에서 내려 바닥을 기었다. 거친 아스팔트에 쓸린 옷은 금방 찢어졌고 무릎에선 피가 났다. 그렇게 더딘 속도로 일곱 시간 동안 꾸무럭꾸무럭 다리를 건넜다.

그제야 서울시는 사태의 심각성을 알아차렸다. 오페라하우스 건설 계획을 접고 활동지원 서비스를 정식으로 시작하겠다고 발표했다. 서울시가 결정을 내리자 다른 지자체들도 눈치를 보며 따랐고, 결국 법제화에 이르렀다. 그 눈물겨

운 맨몸 행진의 결실을 윤영이 누리게 된 것이었다.

다음으로 알게 된 것은 〈장애인고용촉진 및 직업재활법〉이 만들어진 사연이었다. 이 법안에는 회사가 직원을 채용할 때 장애 직원을 일정 비율 이상 고용해야 한다는 '의무고용률'이 명시되어 있다. 덕분에 윤영도 장애가 있다는 이유로 취업을 거부당하지 않을 수 있었고, 스스로의 노동으로 먹고살 수 있게 되었다. 그런데 알고 보니 이 법률도 활동지원 제도와 비슷한 우여곡절을 겪었다. 1990년에 제정되었는데, 국회에서 통과되기 전부터 시행 이후까지 몇 번이나 위태로운 순간들이 있었다.

큰 회사를 운영하는 자본가들은 장애인을 고용했다가 행여나 손해를 볼까 전전긍긍했다. 그리고 정치인들은 이들의 눈치를 보느라 바빴다. 자본가들에게는 막강한 권력이 있었고, 어떻게든 법률을 무력화시키고자 하는 그들의 집요한 로비를 무시할 수 없었기 때문이다. 그래서 국회의원들은 틈만 나면 장애인 의무고용률을 낮추려 시도했다. '직원 중 2%'로 정해져 있는 장애인 의무고용률을 1%로 하향 조정한 개정안을 몇 번이나 통과시키려 했던 것이다.

그런가 하면 IMF 외환위기[23] 후에는 기업이 빨리 정상화되는 것이 먼저라면서 장애인 의무고용률을 아예 폐지하려

했다. 그때마다 많은 사람들이 국회를 점거하거나 거리로 나가 폐지 반대를 외쳤고, 목숨을 건 단식을 했고, 치열하게 시위를 했다.

그밖에도 윤영을 잘 살게 만들어준 제도들이 많은데, 하나같이 쉽지 않은 과정을 거쳐 만들어졌다고 했다. 워낙 사람들의 관심 밖으로 밀려나 있는 문제라서, 당사자들이 직접 나서지 않으면 아무것도 이뤄낼 수가 없었기 때문이다. 그나마 이미 있던 제도들마저 언제 사라질지 모르는 상황이었다.

그런 사실을 잘 알고 있던 장애인들과 인권운동가들은 늘 주의 깊게 상황을 지켜보며 정부를 감시했다. 서울시가 장애인 예산을 삭감하고 오페라하우스를 지으려 했던 때처럼, 행정기관이 장애인들을 외면할 때는 곧바로 문제를 제기하며 시위에 나섰다.

시위를 통해 이루어진 일들도 있고 이루지 못한 일들도 있다. 분명한 것은, 모두에게 정당한 기회를 달라고 외쳤던 그 사람들 덕분에 지금 윤영이 자립적인 삶을 살고 있다는 사실이다.

대한민국 인권 성적표를 개선하려면

2022년 9월, 유엔으로부터 성적표가 날아왔다. 대한민국의 '유엔 장애인권리협약(UN CRPD)' 이행보고서에 대한 유엔 장애인 권리위원회의 견해였다. 거기엔 한국 정부가 장애인 권리를 얼마나 잘 보장하고 있는지, 그리고 지난번에 미진했던 부분을 얼마나 개선했는지 등이 자세히 적혀 있을 터였다.[24] 우리나라에서 '유엔 장애인권리협약'이 발효된 2009년 이후 8년 만에 받는 두 번째 성적표였다. 과연 어떤 견해가 적혀 있었을까? 결과는 예상대로 낙제점이었다.

"여전히 장애를 의학적 관점으로 규정한 것, 선택 의정서를 비준하지 않은 것, 저상버스 도입 의무화 대상에서 시외버스·고속버스·광역버스를 제외한 것, 건물 바닥 면적을 기준으로 장애인 편의시설 의무설치 대상을 규정한 것, 재난 상황에서 장애인의 안전을 보장하지 않은 것, 장애인 거주시설에서 코로나19 집단감염 사태가 벌어졌을 때 긴급 탈시설을 진행하지 않은 것, 성년후견제도를 아직도 시행하고 있으며 의사결정 지원제도를 마련하지 않은 것, 탈시설 정책을 시행하며 충분한 예산을 확보하지 않고 활동지원 서비스 또한 부족한 것, 〈최저임금법〉 제7조에 따라 장애인을 최저임금 적용 대상에서 제외한 것 등을 구체적으로 지적했다.

두 번째 최종견해 내용은 첫 번째와 크게 다르지 않다. '여전히' '아직'이라는 표현을 쓰며 한국의 장애인권 상황이 얼마나 정체돼 있는지를 지적했다. 코로나19 등 새로 일어난 상황이 추가됐을 뿐이다."

(「[전문] 한국의 유엔 장애인권리협약 이행 2·3차 보고에 대한 유엔 최종견해」, 비마이너, 2022.10.18)

내용이 예전과 달라지지 않았고 지난 평가에서 받은 지적을 또 받았다는 건 절대 긍정적인 신호가 아니다. 발전이 거의 없었다는 뜻이기 때문이다. 지난번에도 '심각' 수준의 평가를 받았지만 이번 결과가 더욱 암담한 이유는, 한국 정부의 빈약한 의지가 만천하에 드러났기 때문일 것이다.

알 만한 사람들은 이미 예견한 일이었다. 협약을 비준해 놓고 10년이 지나도록, 첫 지적을 받고 8년이 지나도록 정부는 계속 손을 놓고 있었기 때문이다. 충분한 시간이 있었음에도 새로운 정책을 만들지 않았고, 개선의 필요성을 국민들에게 알리려는 노력도 하지 않았다. 늘 그래왔듯 예산을 핑계로 삼으면서 말이다.

모범 답안이 버젓이 있는데 정답으로 나아가지 못하는

이유는 무엇일까? 성적표를 다시 살펴보니 눈에 띄는 대목이 있다. 다음은 유엔 장애인 권리위원회에서 보내온 최종견해문 중 일부다.

> III-A-5. 위원회는 우려와 함께 다음 사항을 주목한다.
>
> (중략)
>
> (c) 협약에서 인정하는 권리에 대해 정책 입안자, 판사, 검사, 교사 그리고 장애인을 위해 일하는 의료와 보건, 그 밖의 종사자 사이에서 인식이 부족함.[25]

우리나라의 정책 입안자, 판사, 검사, 교사, 의료와 보건인 그리고 그 밖의 종사자는 협약 내용, 즉 국제사회와의 약속을 지켜야 하는 장본인이다. 그런데 유엔에서는 이들의 인식이 부족해 걱정이라고 한다. 이들 중에서 장애인 권리에 대해 제대로 아는 사람이 드물다는 것이다. 대체 그 이유가 뭘까?

사실 이 문제는 하루아침에 생겨난 게 아니다. 장애인의 일은 당사자들만의 문제라고 치부했던 수많은 날들이 차곡차곡 쌓인 결과다. 어려서부터 장애인은 나와 무관하다고 생각했던 사람들이 성장하여 책임자가 되었으니 여전히 관심이 없고 여전히 모른다. 아는 게 없으니 제대로 된 정책을 펼치기 힘들고 중요하게 다루지도 않는다. 그래서 장애 문제보다 더 시급한 현안(한강 오페라하우스?!)이 많다고, 예산이 부족하다고 10년째 똑같은 핑계를 댈 수 있는 것이다.

예산을 마련하는 게 어려운 일인 건 맞다. 그러나 진짜 문제는 따로 있다. 장애 문제에는 최소한의 비용만 쓰길 원하는, 혹은 그래도 된다는 인식이 그것이다.

그렇다면 교사나 정치인, 법조인, 보건의료인처럼 주요 직책에서 일하는 사람들만 잘 알면 되지 않을까? 얼핏 그럴 것 같기도 하지만 그렇게 간단하지가 않다. 유엔의 견해에 따르면 대한민국은 장애를 순전히 개인적인 문제로 생각하며, 저상버스를 확대하지 않고 있고, 아직도 많은 장애인이 시설에서 살고, 권리보장을 위한 예산을 확보하지 않는 등 '여전히' 많은 문제가 있다고 했다. 이런 일들은 책임자나 특정 직책의 사람들이 해결할 수 있는 문제가 아니다. 국민 대다수가 동의하지 않으면 실현이 불가능하기 때문이다.

"…단지 장애인이 좋으면 비장애인도 좋고, 비장애인도 언제든지 장애인이 될 수 있기 때문만은 아니다. 더 근본적으로는 비장애인이 장애 문제의 한 축을 이루고 있기 때문이며, 장애 문제의 해결과 직접적으로 연관된 존재이기 때문이다."

(『장애학의 도전』, 김도현, 오월의 봄, 83p)

장애 문제에 참여하는 일은 거창한 것이 아니다. 언젠가는 장애인이 될지도 모른다는 걱정일랑 넣어두고, 그저 주변을 주의 깊게 살펴보는 것만으로도 많은 것이 바뀐다. 이를테면 내가 등하굣길에 장애인을 몇 번이나 봤는지 기억을 더듬어보는 것이다. 그러면 문득 깨닫게 된다. 그들이 보이지 않는 까닭은 숫자가 적어서도 아니고, 게으르거나 무능해서도 아니며, 단지 집 밖으로 나오는 것 자체가 힘들기 때문이라는 사실을! 지하철과 버스가 내겐 편리하지만 누군가에게는 너무나 불편하고 위험하다는 것도.

진실을 알고 공감하는 것만으로도 많은 것을 바꾸는 실마리가 될 수 있다. "이제 보니 대한민국 버스랑 지하철 완전 나빴네!"라고 말하는 순간이 찾아오면 바로 그게 '공감'이다. 이 한마디가 누군가에게는 앞으로 나아갈 수 있는 에너지가 되고, 장애인 개개인에게 책임을 떠넘기려던 정부에게는 준엄한 경고의 메시지가 되는 것이다.

'불쌍한 장애인'이라는 식의 동정으로는 현실을 바꿀 수 없다. '우리 사회가 이렇게 불공정했구나!'라고 생각하는 사람이 지금보다 많아져야 한다. 시민들 사이에서 모두가 동등해야 한다는 인식이 높아지면 정부도 더 이상 장애인과 소수자들을 함부로 대하지 못하게 된다. 시민사회의 여론과 압력을 통해서, 법을 만들고 행정을 하는 사람들의 부족한 인식을 변화시킬 수 있는 것이다.

우리 사회를 좀 더 나은 방향으로 바꿀 힘은 결국 우리에게 있다. 나와 당신과 우리가 장애 문제와 무관하지 않은 이유다.

역차별의
진실

"나도 장애인이야!"

윤영과 준우는 대마도 여행을 간 적이 있다. 부산에서 배를 타고 들어가 3시간 정도 둘러보고 오는 게 고작이었지만, 함께라서 아쉽지 않았다.

사건은 여행지가 아니라 돌아오는 배 안에서 일어났다. 부산까지 40분쯤 남았을 때 갑자기 웬 할아버지 한 분이 등장했던 것이다. 그는 출입구 옆자리에 앉아 있던 두 사람을 가로질러 문 앞에 서더니 신문지를 바닥에 깔고 앉아버렸다. 승무원이 그를 발견하고 다가갔다.

"어르신. 여기 앉아계시면 안 됩니다. 자리로 돌아가세요."

그러자 할아버지가 쳐다보지도 않고 이렇게 대답한다.

"나도 장애인이야."

"예? 아니, 옆에 장애인도 계시는데 무슨 그런 말씀을…."

승무원이 어이없다는 듯한 표정으로 대꾸했지만 정작 윤영은 할아버지보다 승무원의 말이 더 난감했다. 비행기나 배에서 되도록 좌석을 벗어나지 않는 것은 당연한 약속이다. 그걸 설명하는 데 굳이 윤영의 존재가 필요했을까. 생각 없이 앉아 있다가 별안간 이름이 불린 사람마냥 쭈뼛했다. 그 후로도 실랑이는 계속됐고, 배가 부산항에 닿자마자 할아버지는 빛의 속도로 달려 나갔다.

할아버지에겐 정말로 장애가 있었을까? 호기심이 일긴 하지만 그 궁금증은 내려둬야 한다. 장애가 있으면 인정하고 없으면 비난하자는 게 아니기 때문이다. 정말로 급한 일이 생겼을 수도 있고, 성격상 기다리는 게 힘들었을 수도 있다. 중요한 건 그가 '장애인이면 먼저 나가게 해준다' 또는 '편의를 봐준다'라고 생각했다는 사실이다.

급하게 내려야 하는 이유에 장애는 필요 없다. 중요한 건 자기가 어떤 사정인지 분명하게 밝히고 상대를 설득하는 것이기 때문이다. 그 점이 윤영을 괴롭게 했다. 할아버지는 빨리 내리기 위해 장애를 '사용'하고, 승무원은 당연한 규칙을 설명하는 데 장애를 '사용'했기 때문이다.

윤영은 그 배에서 가장 늦게 타고 가장 빨리 내리는 사람이었다. 출입구 통로에서 동선이 뒤엉키면 보행자나 휠체어 사용자가 다칠 수 있다고 판단한 승무원들이 그런 규칙을 만들었기 때문이다. 그래서 윤영은 승객들이 모두 탈 때까지 기다렸다가 출입구 가장 가까운 자리로 안내받았다. 내릴 때는 자연히 역순이 되었다. 단지 장애인이라서 먼저 내린다고 보기에는 무리가 있었다.

지금도 그렇지만 무조건 열심히 사는 것이 최고의 미덕이던 시절이 있었다. 전쟁을 겪은 우리나라는 먹고살기 위해 각자 고군분투했다. 남들보다 빨리 움직이고 더 많이 일해야 생존을 이어갈 수 있었다. 그렇게 죽어라 땀 흘리며 사는 동안에는 서로에게 관심을 기울일 수 없었고, 타인을 소중히 대할 여유도 없었다.

할아버지가 살아온 세상도 다르지 않았을 것이다. 조급하고 불안한 마음이 습관처럼 남아서 윤영의 사정 따위는 눈에 담을 수도 없었을 것이다. 노쇠하고 약한 몸이라 다 같이 우루루 내리는 게 불안했다면 승무원에게 양해를 구할 수도 있었을 테지만 그렇게 하지 않았다. 자신의 부탁이 존중받을 수 있을 거란 확신이 없었던 것이다.

바로 이게 '역차별 논리'가 싹트기 쉬운 조건이다. 고단한 삶에 치여 타인에게 관심을 기울이지 못할 때, 내가 남들로부터 존중받고 있다는 확신이 들지 않을 때. 이때야말로 역차별의 논리가 먹히기 쉬운 때였다.

역차별 논리 뒤에 숨겨진 것들

'역차별'은 차별받는 소수자들을 보호하려고 만든 제도가 너무 강한 나머지 거꾸로 다수 집단이 차별받는 상황을 가리킨다. 1970년대 미국에서 처음 쓰인 용어라고 한다. 미국 정부가 소수인종인 흑인과 히스패닉을 보호하는 정책을 추진하다가 맹렬한 반대에 부딪혔는데, 그때 등장한 게 바로 역차별 논리였다는 것이다.

수십 년이 지난 지금도 역차별 논리의 발생과 전파 과정은 별로 달라진 게 없다. 그런 주장들이 어떻게 생겨나며 사회에 어떤 영향을 끼치는지 잠깐 살펴보려 한다.

❶ 의심 단계 : "혹시 내가 손해를?"
역차별 논리의 출발점은 의심이다. 대부분의 사람들은

자기 주변에 차별 따위는 없다는 주관적 믿음을 갖고 있다. 나는 누군가를 차별하지 않는 선량한 사람이며, 그런 건 일부 나쁜 사람들의 얘기라고 생각하는 것이다.

그러다 어딘가에서 장애인이 제일 먼저 입장하는 장면을 보거나 특별전형으로 진학하는 장애인을 보면 문득 자기가 뭔가 손해를 보는 것 같다는 의심이 든다. 평소 장애인을 '불쌍하고 힘든 사람' 정도로만 여겼기 때문에, 그들이 어떤 차별을 받아왔으며 저런 보호제도가 왜 필요한지 전혀 깨닫지 못한다.

❷ 확신 단계 : "이건 명백한 역차별!"

의심하는 단계를 지나 역차별이 실제로 존재한다고 확신하는 단계다. 그 밑바탕은 다름 아닌 두려움이다.

'내가 성공할 수 있는 유일한 방법은 경쟁에서 이기는 것뿐'이라고 믿을 때 사람은 두려움을 느낀다. 패배하는 순간 모든 게 끝장이기 때문이다. 그런 상황에서는 장애인에 대한 사회적 배려를 좀처럼 수긍할 수 없게 된다. 그들이 누리는 특혜로 인해 내 노력이 배신당할 것 같고, 경쟁에서 승리할 기회가 영영 사라질 것 같기 때문이다. 이런 두려움이 역차별을 기정사실로 받아들이고 확신하게 만든다.

❸ 혐오 단계 : "쓰레기 같은 장애인들!"

장애인을 위한 모든 제도에 반대하고 그 혜택을 누리는 장애인을 혐오한다. 노력도 안 하고 편하게 사는 사람, 내 자리를 훔친 사람쯤으로 여기는 것이다. 이때 가장 흔하게 등장하는 말이 "내가 낸 세금으로 왜?"라는 것이다. 장애인들 역시 세금을 낸다는 것, 세금은 본래 모든 국민들에게 공평하게 쓰여야 한다는 것, 장애인도 똑같은 국민이라는 것 등은 깡그리 무시된다. 장애인은 세금을 축내는 사회의 쓰레기일 뿐이다.

혐오 단계에 접어들면 그때부터 온갖 궤변으로 역차별 논리를 강화하며 사람들의 동의와 지지를 얻으려 한다. 장애인 단체의 시위 관련 기사 밑에 주렁주렁 달리는 댓글이 대표적인 사례다.

❹ 폭력 단계 : "장애가 벼슬이냐?"

장애인에게 품었던 혐오가 폭력적 언행으로 드러나는 단계다. "장애가 벼슬이냐?" "병신이라고 봐줬더니…" 같은 폭언을 퍼붓기도 하고, 대놓고 물리적인 폭력을 가하기도 한다. 사회에 도움 안 되는 장애인은 비난받아 마땅하다는 생각으로 자기의 행동을 합리화한다. 나름의 역차별 논리가 완성되어 쉽게 사라지지 않으며, 또 다른 역차별 논리들을 만들어 낸다.

다른 사회적 소수자들을 둘러싼 역차별 논리 역시 크게 다르지 않다. 소수자들이 지금까지 받아온 차별과 배제는 당연한 것으로 받아들이면서, 그 차별을 없애거나 완화하는 과정에서 생겨나는 일시적 문제들은 부당하다고 여기는 경우가 대부분이다. 소수자들이 여태 겪어온 불평등은 애써 외면하면서 자기가 지금 겪는 불편함에 대해서는 역차별이라며 목소리를 높인다. 이른바 '장애인 이동권'을 둘러싼 사회적 논란은 그 전형적 사례라고 할 수 있다(이 문제는 잠시 후에 좀더 자세히 살펴볼 것이다).

"이거 역차별 아닌가요?" : 몇 가지 Q&A

[장애인 특별전형]

Q. 대학 입학 때랑 회사 입사할 때 장애인 특별전형이 따로 있다고 들었어요. 요즘은 '공정'에 모두가 예민한 시대잖아요. 그런데 나보다 적은 노력을 들여놓고도 좋은 대학이나 좋은 회사에 들어간다면, 그리고 장애인 때문에 내가 밀려

난다면 그래도 공정하다고 말할 수 있을까요? 장애인 특별전형이 내 노력을 수포로 만드는 게 아닌지 의심스러워요.

A. 대부분의 특별전형은 정원 외에 추가로 인원을 뽑는 방식이다. 즉, 장애인을 몇 명 뽑든 비장애인의 몫이 줄어들지는 않는다.

특별전형이 생겨난 이유는 장애인에게 비장애인만큼의 기회가 주어지지 않아서였다. 윤영의 경우처럼 학교 입학을 거부당하거나, 계단 때문에 학원조차 가지 못하는 일이 아직도 흔하게 일어나고 있기 때문이다.

장애인 특별전형으로 인해 비장애인이 피해를 보려면 장애인을 압도적으로 많이 뽑아야 할 텐데, 현실은 그렇지도 못하다. 아예 특별전형을 두지 않는 곳도 많고, 응시자가 많아도 일부러 적게 뽑는 학교도 드물지 않다. 특별전형으로 18명을 뽑는다고 공지했지만 실제 선발에서는 4~7명만 뽑는 식이다.[26] 장애인 특별전형으로 선발되는 인원이 여전히 극소수이므로, 비장애인이 피해를 본다고 말하기는 어렵다.

[장애인 주차구역]
Q. 장애인 주차구역은 비어 있기 일쑤인데 굳이 따로 만

들어놔야 하나요? 그렇지 않아도 주차 공간이 부족한데 너무 비효율적인 것 같아요. 게다가 비장애인은 아예 주차할 수 없게 만든 건 장애인 특혜 아닌가요?

A. 장애인 주차구역을 만들고 보행상 장애가 있는 사람에게만 주차를 허용하는 건 그것이 법률로 정해져 있기 때문이다. 다시 말해, 법률로 강제해야 할 만큼 절실하게 필요하다는 뜻이다.

장애인 주차구역은 일반 주차구역보다 넓은데 여기에 모든 이유가 함축되어 있다. 장애인이 누군가의 부축을 받으며 하차하거나 휠체어를 미리 내려놓고 옮겨 앉으려면 그만큼의 공간이 필요하다. 일반 주차구역은 비장애인이 타고 내리기에도 비좁기 때문에 장애인에게는 있으나마나다. 만약 장애인 주차구역이 따로 없거나, 있더라도 비장애인의 주차를 허용한다면 어떻게 될까? 윤영과 같은 장애인들은 차에서 내리는 것 자체가 불가능해진다.

주차 공간이 전체적으로 부족한 건 사실이다. 하지만 법에 명시되어 있는 장애인 주차구역 규모는 전체 주차대수의 2~4% 정도다. 100칸 중에서 3칸 인데 그걸 없앤다고 주차난이 해소될까? 무엇보다도, 누군가에게 없으면 안 되는 최소한의 시설을 두고 특혜라 할 수 있을까?

[각종 감면이나 할인제도]

Q. 어느 커뮤니티에서 봤는데 장애인에게는 집도 주고 통신비부터 공연 관람비, 대중교통까지 전부 무료로 해준다고 하더라고요. 그렇다고 장애인이 부럽다는 건 아니지만, 솔직히 그건 다 우리가 낸 세금으로 도와주는 거잖아요. 내가 낸 세금으로 그들만 편하게 사는 것 같은 기분이 들었어요.

A. 장애인이 받는 혜택에 대해서는 유난히 부풀려진 내용이 많다. 죄다 무료라거나 국가에서 전부 지원해준다는 식이다. 윤영이 꼽은 가장 진절머리 나는 질문 베스트5에 "이 휠체어 국가에서 공짜로 주는 거죠?"가 있을 정도다(분명히 말하는데, 내돈내산이다).

장애등급에 따라 세금을 감면해주거나 할인이 적용되는 경우가 있긴 하지만 장애인이라고 무조건 무료로 해주는 건 없다. 어떤 건 감면 절차가 지나치게 까다로워서 지레 포기하기도 한다. 그런데도 그렇게 소문이 부풀려지는 데는 이유가 있다. 장애인은 세금을 한 푼도 안 낼 거라는 편견(또 분명히 말하는데, 버는 만큼 똑같이 낸다!), 그리고 무능한 사람들에게 세금을 쓰는 게 아깝다는 생각이 마음속 깊이 깔려 있기 때문이다.

우리 사회는 너무 긴 시간 동안 비장애인 중심으로 흘러왔다. 그만큼 장애인에게는 상대적으로 열악한 환경이었다. 그 모든 것들을 단번에 개선할 수가 없어서 장애인들이 이런저런 불편을 묵묵히 감내해온 것이다. 바로 이게 감면이나 할인제도가 존재하는 이유다. 국가가 직접 나서서 비용의 일부를 책임지는 방식으로 국민을 보호하려는 것이다.

무엇이 비장애인 중심적인지는 미술관이나 공연장만 떠올려봐도 쉽게 알 수 있다. 미술관의 작품들은 장애가 없는 사람이 두 다리로 서서 볼 때 가장 잘 보이는 높이에 걸려 있다. 엘리베이터가 없거나, 시각장애인의 관람을 돕는 음성 또는 촉각 안내가 없거나, 청각장애인의 관람을 돕는 수어 또는 자막 안내가 없는 경우가 대부분이다. 이 상태에서 장애인이 온전히 관람을 즐길 수 있을까? 장애인 관람객을 철저하게 배제한 채 진행되는 전시와 공연. 비장애인 중심 사회의 슬픈 단면이다.

장애인이 더 많은 세상이라면

어느 비장애인의 슬픈 주말

아침 일찍 마트에 갔다. 초보운전이라 조심조심 주차장 입구에 들어서는데 전광판을 보니 빈자리가 수십 개다. 브라보! 일찍 나오길 잘했다.

그런데 웬걸, 빈자리는 전부 장애인 주차구역이다. 두 바퀴를 뺑뺑 돌았지만 내가 주차할 수 있는 자리가 없다. 비장애인 주차구역은 100칸 중에 겨우 3개분인데 이미 누군가 차를 대놨기 때문이다. 텅텅 비어 있는 장애인 주차구역에 슬쩍 주차하고 싶었지만 과태료가 무려 10만원이다. 비장애인 주차구역을 좀 늘려주면 좋으련만, 높은 사람들은 아무도 그런 일에 관심이 없는 것 같다.

기분도 전환할 겸 극장에 갔다. 그런데 상영관에 의자가 없다! 시각장애인을 위한 화면해설 상영관이나 청각장애인을 위한 수어 상영관, 발달장애인 전용 상영관에는 의자가 있지만 비장애인인 나는 입장이 안 된다. 우물쭈물 휠체어 전용관으로 갔더니 입구에 방석이 쌓여 있었다. 바닥에라도 앉아야겠다 싶어서 방석 하나를 집어드는데 직원이 달려왔다.

"고객님, 죄송합니다. 이 방석은 휠체어에 오래 앉아 있기 힘든 장애인에게만 대여가 가능해요."

"그럼 저는 어디서 영화를 보나요?"

"그건 본사에 알아보셔야…. 이 상영관에 걸어서 들어오신 손님은 저도 처음이라서요."

방석이 수십 개인데도 빌려줄 수가 없단다. 결국 깜깜한 구석에 혼자 서서 영화를 보다가 힘들어서 중간에 그냥 나와버렸다. 돈도 아까웠지만 관객으로서 존중받지 못한 게 더 서러웠다.

집에 돌아오는 길에 동네에서 엄청 예쁜 카페를 발견했다. 동네에 이런 곳이 있었다니! 망친 기분을 풀 수 있을 거 같아서 부리나케 달려갔다. 메뉴판을 보니 수플레 팬케이크가 예술이다. 우와, 이건 꼭 먹어야 해! 하지만 세상엔 니 맘대로 되는 일이 하나도 없다.

"손님, 저희 매장엔 의자가 없습니다."

"예? 그럼 휠체어 안 타는 장애인들은요?"

"장애인 증명서를 보여주시면 의자를 빌려드립니다."

"저는 비장애인인데요."

"비장애인 손님께는 테이크아웃만 해드릴 수 있습니다."

"그래요? 그럼 테이크아웃 해주세요."

"그런데 수플레는 메뉴 특성상 테이크아웃이 어렵습니다. 죄송합니다."

비장애인은 테이크아웃을 해야 하는데 테이크아웃이 어렵다고? 대체 무슨 말인가 싶어 잠깐 멍하니 서 있었다. 그러자 다른 휠체어 사용자가 내 앞으로 와서 수플레를 주문했고, 겨우 5초 만에 주문과 결제가 모두 끝났다.

허탈했다. 비장애인은 카페 손님도 될 수 없다는 걸까?

현실은 어떨까?

사실 이건 윤영의 실제 주말을 그대로 옮겨놓은 것이다. 그날 윤영은 장애인 주차구역을 찾아 한참을 헤매다 결국 주차를 포기했다. 극장의 휠체어석은 맨 앞줄 아니면 양쪽 끝에만 있고, 그게 불편해서 일반석에 앉으려고 방석 대여를 요청했지만 어린이 관람객만 사용할 수 있다는 영혼 없는 답변을 들었다. 택시까지 타고 일부러 찾아갔던 수플레 맛집은 휠체어가 머무를 수 있는 공간이 없고 남들 눈치가 보여서 결국 빈손으로 나올 수밖에 없었다.

2 당연한 것이 당연하지 않은 세상

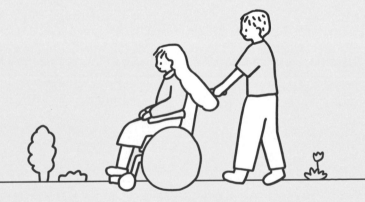

2001년,
지하철을 세운 사람들

2001년 1월 22일. 설날을 맞아 자녀를 만나러 지방에서 올라온 부부가 있었다. 그들은 4호선 오이도역에서 수직형 리프트[27]를 타다 참변을 당했다. 7미터 아래로 속수무책 추락하고 만 것이다. 리프트를 고정하던 철심이 끊어진 게 사고의 원인이었다. 장애를 가지고 있던 부인은 그 자리에서 숨을 거뒀고 남편은 두 다리가 부러지는 중상을 입었다. 설치한 지 고작 6개월도 안 된 리프트였다.

더 참담한 것은 사고에 대한 세간의 반응이었다. 언론에서는 단 한 줄의 기사를 낸 것이 전부였고, 책임을 지겠다고 나서는 사람은 아무도 없었다. 서울교통공사는 이런 일이 재발하지 않도록 하겠다면서도 정작 뾰족한 대책은 내놓지 않았다.[28]

흔히 '휠체어 리프트'라고 부르는 경사형 리프트[29]가 지하철역에 처음 설치된 것은 1988년이다. 정부에서 서울올림픽 개최를 앞두고 부랴부랴 도입했다. 세계인의 이목이 서울에 집중될 것을 의식한 것이다. 서울올림픽이 끝나면 곧바로 장애인올림픽(패럴림픽)[30]도 열릴 참이었는데, 60개국의 장애 선수들을 초대해놓고서 공공시설물에 편의시설이 없으면 체면이 서지 않을 것이기 때문이다.

그렇게 김포역, 잠실역, 종로3가역 등 3곳에 휠체어 리프트가 설치되었다. 비로소 장애인도 지하철을 이용할 수 있게 된 것처럼 보였다. 그러나 실상은 달랐다. 리프트는 너무나 위험한 시설이었다. 일단 수시로 고장이 났다. 리프트 바닥이 펼쳐지다가 멈췄고, 기나긴 계단 한복판에서도 멈췄고, 마지막 20cm를 남겨두고도 멈췄다. 그러면 리프트를 타고 있던 장애인은 공중에서 하염없이 구조를 기다려야 했다.

구조상의 문제도 컸다. 휠체어 리프트의 호출 버튼은 대부분 계단 위아래의 시작점에 있었기 때문이다. 버튼을 누르기 위해서는 계단에 바짝 다가가야 했다. 내려가는 계단일 경우에는 정말로 위험천만이었다. 한 바퀴만 잘못 굴러도 아래로 떨어지는 것이다. 실제로 버튼을 누르러 난간 가까이 다가가다가 추락하는 사고들이 빈번했다.

휠체어 리프트 ⓒ채준우

리프트에 올라타는 도중에도 추락사고가 났다. 휠체어 리프트는 엘리베이터처럼 사방이 막혀 있지 않아서 움직이는 휠체어를 막아주지 못했다. 그저 몸 위로 내려오는 가느다란 안전봉 하나에 의지해야 했다. 그래서 휠체어 사용자들은 리프트를 탈 때마다 허공으로 발을 내미는 듯한 공포를 느껴야 했다.

2001년 오이도역 참사 이전부터 이미 크고 작은 사고들이 이어지는 중이었다. 리프트 대신 안전한 엘리베이터를 설치해야 한다는 목소리도 한참 전부터 터져 나오고 있었다. 그러나 책임자들은 그런 요구를 귀담아듣지 않았던 것으로 보인다. 오이도역 참사가 일어나기 불과 2년여 전에 서울지하철공사가 내놓은 대책을 보면 알 수 있다.

"단계적으로 지하철역에 장애인 편의시설을 확충하겠습니다. 2000년에는 엘리베이터 35대, 에스컬레이터 22대, 휠체어 리프트 136대를 설치하겠습니다."[31]

리프트의 위험성을 지적하며 엘리베이터 설치를 요구했던 장애인들의 의견은 온데간데없고, 오히려 휠체어 리프트를 대폭 늘리겠다고 발표한 것이다. 휠체어 리프트는 기능 면에서나 안전성 면에서나 엘리베이터를 대신할 만한 시설이 아니었다. 단지 설치가 쉽고 돈이 덜 든다는 이유로, 안전을 포기하고 경제성을 선택했던 것으로 보인다.

그러다 결국 오이도역에서 참사가 났다. 더 이상 두고 볼 수 없었던 장애인 인권활동가들이 2001년 2월 서울역 선로를 점거했다. 휠체어를 탄 장애인 50여 명이 선로에 내려가 서로의 몸을 쇠사슬로 묶었다. 그리고 목 놓아 외쳤다.

"장애인이 추락해서 죽어도 장애인 이동권을 보장하지 않는 문제, 이것은 차별이라고 생각합니다."[32]

결국 지하철이 멈춰 섰다. 경찰 100여 명이 투입되어 그들을 선로 밖으로 끌어올렸다. 시위대는 겨우 30분 만에 강제 해산을 당했지만, 바로 이것이 '장애인 이동권'이라는 이름을 가진 오랜 투쟁의 시작이었다.

2001년 2월의 서울역 시위 ⓒ비마이너

장애인 인권활동가들은 같은 해 4월 20일 '장애인 이동권 연대'를 결성하고 오이도 참사 해결과 엘리베이터 등 편의시설 도입을 요구하는 활동을 본격적으로 시작했다. 지하철뿐만 아니라 버스에서도 시위를 이어갔으며, 장애인 이동권 확보를 위한 100만인 서명운동도 진행했다. 이들이 시위에 나서면 지하철이나 버스가 연착되었고, 그때마다 시민들의 비난이 쏟아졌다.

그러나 '장애인 이동권 연대'는 멈추지 않았다. 서울시의회, 시청, 국가인권위원회를 끈덕지게 찾아갔다. 정부 책임자를 만나기 위해서라면 어느 행사든 쫓아갔다. 그렇게 치열한 노력이 결실을 맺어 마침내 서울시의 약속을 받아냈다. 2004년까지 모든 지하철 역사에 엘리베이터를 설치하고, 저상버스 도입을 추진하기 위한 협의체를 구성하며, 중증 장애인의 이동을 지원하기 위해 장애인 콜택시를 100대 도입하겠다는 답변을 받은 것이다.

뒤이어 2005년에는 장애인의 이동권을 법으로 명시하고 저상버스를 의무화하는 〈교통약자의 이동편의 증진법〉이 제정되었다.[33]

2021년,
다시 멈춰 선 지하철

시간이 멎어버린 장애인들의 세상

2021년 12월, 지하철이 다시 멈춰 섰다. 여러 지역의 장애인 단체들이 모인 '전국장애인차별철폐연대'(이하 전장연)가 지하철역에서 시위를 재개했기 때문이다. 플랫폼 가득 모여든 장애인들이 열차 탑승을 시도하며 출발을 지연시키는 장면은 마치 20년 전으로 거슬러 올라간 듯했다.

시위 장면만큼이나 변화가 없었던 것은 되풀이되는 사고였다. 휠체어 리프트 사고는 2001년 오이도역 이후에도 계속 일어나서 2002년 5호선 발산역 사고, 2006년 인천 1호선 신연수역 사고, 2008년 지하철 1호선 화서역 사고, 2017년 지하철 신길역 1호선과 5호선 환승구간 사고로 다섯 명이 목숨을 잃었다. 갈비뼈 골절, 머리뼈 골절, 안와골절, 뇌진탕 같은 부상도 10여 건이나 되었다.[34] 오이도역 사고와 같은 일이 재발하지 않도록 하겠다던 공사 측의 약속이 제대로 지켜지지 않았기 때문이다.

책임자들의 미온적인 태도 또한 시간이 멈춘 듯 그대로였다. 2017년 신길역 사망 사고가 일어난 뒤 서울교통공사의 공식 사과까지는 무려 11개월이 걸렸으며,[35] 휠체어 리프트를 이용하던 중에 일어난 사고인데도 교통공사 측은 피해자 개인의 부주의인 것처럼 몰아가려고 했다. 사람이 죽건 다치건, 책임지는 사람은 여전히 아무도 없었던 것이다.

어쩐지 장애인이 사는 세계만 시간이 멈춘 것처럼 보인다. 2001년 이후 20여 년간 서울시장이 4번이나 바뀌었지만 약속을 지키는 시장은 없었다. 이명박 당시 서울시장은 2004년까지 모든 지하철에 엘리베이터 설치를 하겠노라 공언했지만 1년 만에 번복했고, 박원순 서울시장도 2022년까지 서울 시내 지하철에 '1역사 1동선, 엘리베이터 100% 설치'를 약속했지만 93%(264곳)에서 멈춰 섰다. 서울 지하철 22개 역에는 여전히 엘리베이터가 설치되지 않았다.(2021년 기준)[36]

지하철뿐 아니라 저상버스도 달라진 게 없었다. 〈교통약자의 이동편의 증진법〉에 따르면 편의시설 설치나 저상버스 확충 계획을 5년 단위로 세워야 한다. 2007년에 정부는 저상버스 도입률을 2011년까지 31.5% 달성하고 2021년까지는 42%로 끌어올리겠다고 선언했다. 그러나 2021년 전국 저상버스 도입률은 30.2%에 그쳤다. 10년 전인 2011년 목표치에도 못 미친 것이다.

서울이 아닌 지방으로 가면 상황이 더욱 열악하다. 서울시가 59.7%를 도입하는 동안 충청남도는 9.9%, 경남 진주시는 겨우 2.6%의 저상버스만 사들였기 때문이다. 마을버스도 3.9%에 불과하다. 어느 한 지역이 아니라 전국을 통틀어서 본 수치가 그렇다. 대한민국의 마을버스 5,592대 중 저상버스는 고작 217대뿐인 것이다.

지하철은 안전하지 못하고 버스도 탈 수 없다면 이제 남은 교통수단은 택시다. 그러나 우리나라의 일반 택시에는 전동휠체어가 실리지 않는다. 그래서 국토교통부가 '특별교통수단'이라는 방안을 내놓았다. 휠체어를 실을 수 있도록 리프트나 경사로를 설치한 택시를 도입한 것이다. 이것을 '장애인 콜택시'라고 부른다. 법정 대수도 지정했다. 장애인들이 원활하게 이용할 수 있으려면 최소 150인당 1대의 콜택시가 필요하다고 법으로 정해놓았다.

그러나 장애인 콜택시를 운영 중인 전국 17개 시·도 중에서 법정 대수를 충족하고 있는 곳은 경기도와 경상남도뿐이다.[37] 거의 모든 지역에서 택시가 부족하다는 얘기다. 고객은 몰리는데 차가 없으니 대기시간이 하염없이 늘어난다. 택시를 불러도 오지를 못하는 것이다. 법으로 정해놓은 대수조차 채우지 않고 운행을 시작했으니 당연한 결과였다.

2004년까지 모든 지하철역에 엘리베이터를 설치하겠다던 약속은 이제 2024년으로 미뤄졌다. 저상버스 도입률 준수도 계속 미뤄지고 있고, 장애인 콜택시 증차도 지지부진이다. 정부는 어째서 20년이 지나도록 자신들이 한 약속조차 지키지 못하는 걸까?

전국장애인이동권연대의 이재민 사무국장은 어느 정책토론회에서 "중앙정부가 제시한 목표치를 지방자치단체에서 충족하지 못했을 때 어떠한 제재도 없기 때문"이라고 말했다. 그래서 지역별로 크게 차이가 난다는 것이다. 예를 들어 A지역에서 저상버스와 장애인 콜택시를 구입할 계획이라고 하자. 그럼 우선 자체 예산을 절반 정도 확보한 뒤 중앙정부에 연락해 나머지 절반을 지원해달라고 요청해야 한다. 값비

싼 차량 가격을 지방자치단체가 전부 떠맡기 어려우니까 절반만 부담하도록 한 것이다.

그런데 여기서 문제가 생긴다. A지역에서 "우리는 그 절반만큼의 예산도 없어요"라며 손을 들어버리면 모든 계획이 물거품이 된다. 실제로 각 시·도에서 자부담할 돈이 없다는 이유로 중앙정부에 국비를 신청하지 않는 경우가 많다고 한다. 그러다 보니 저상버스 보급률이 계속 제자리걸음을 하고 있는 것이다.

정부가 정한 목표가 전혀 달성되지 않고 있는데도 책임지는 사람은 없다. 딱히 불이익을 받지 않기 때문이다. 중앙정부는 지방자치단체에 책임을 떠넘기고, 지방자치단체는 그냥 나 몰라라 할 뿐이다. 속 편한 사람들끼리 서로 책임을 미루는 동안, 이동에 어려움을 겪는 장애인과 교통 약자들의 자유가 대문 앞에서 멈춰 섰다.

장애인 콜택시, 그것이 알고 싶다

다음은 어느 TV 뉴스의 한 장면이다.[38] 기사가 지나가던 시민들에게 묻는다.

[기자] 택시를 하루 전에 예약해야 한다면 어떨까요?

[시민 1] 그러면 택시가 필요할까요?

[기자] 택시 환승 안 하면 시외로 나갈 수 없다면요?

[시민 2] 어, 당연히⋯ 왜죠? 왜 안 되지?

모두 장애인 콜택시에 관한 얘기였지만 시민들은 질문 자체를 이해하지 못했다. 비장애인 그 누구도 택시를 하루 전에 예약하거나 갈아타는 수고는 하지 않기 때문이다. 그러나 필요할 때 바로바로 택시를 타고 목적지까지 한 번에 가는 것조차 장애인에게는 허락되지 않는다. 장애인 콜택시의 수가 너무 부족하기 때문이다.

부르면 몇 분 안에 오는 것이 콜택시인데 장애인 콜택시는 언제 올지 아무도 모른다. 10분도 안 돼서 오기도 하고, 반대로 서너 시간이 흘러도 안 올 때도 있다. 예상보다 빨리 오면 부랴부랴 급하게 나가야 하고 그렇지 않으면 하염없이 기다린다. 영화 시간을 놓쳐도 회사에 지각을 해도 어쩔 수가 없는 것이다.

윤영에게도 이런 경험은 숱하게 많다. 지인의 공연장에 가려고 장애인 콜택시를 불렀지만 2시간 만에 오는 바람에 공연이 모두 끝나버렸던 적이 있고, 송년회가 길어져 장애인 콜택시를 불렀다가 역시나 안 와서 파출소에 들어간 적도 있다. 추위를 참을 수 없어서 찾아갔더니 경찰관들이 깜짝 놀랐다. 어째서 택시가 오지 않느냐고 안절부절못하며 콜센터에 전화를 거는 쪽은 오히려 경찰이었다. 윤영은 문 밖으로 동이 트는 것을 바라보며 "원래 그래요" 했다. 목적지에 빨리 가려고 타는 게 택시인데, 장애인에게는 전혀 다른 이야기가 되는 것이다.

운영 시간이나 이용 방법도 지역마다 제각각이다. 충청북도는 장애인 콜택시를 총 11곳에서 운영하는데 야간에 택시를 탈 수 있는 곳은 청주시와 옥천군 두 곳밖에 없다. 영동군은 오후 5시까지만 운행하고 보은군은 주말 운행을 하지 않는다. 증평군은 7일 전에 예약해야 하고 한 사람당 일주일에 두 번만 이용할 수 있다. 미리 예약해야 하는 곳도 있고 그럴 필요가 없는 곳도 있다. 지역에 따라 운영 방식이 달라서 택시 한번 타는데도 공부가 필요하다.

차량이 부족하니 지역을 벗어나는 일도 대부분 불가능하다. 예를 들어 서울에서 경기도를 가려면 서울 경계지역까지 타고 나가서 다시 경기도 택시를 불러야 한다.[39] '택시 환승'이라는 믿기지 않는 상황이 실제로 존재하는 게 바로 장애인들의 세계다.

그뿐이 아니다. 회원 등록을 미리 하지 않으면 이용조차 불가능하다. 신분증과 이용신청서 등을 보낸 뒤 전산망에 등록되기까지 며칠이 걸리기 때문이다.

만약 윤영이 서울을 벗어났다가 되돌아오려면 최소 한 달 전부터 치밀한 계획을 세워야 한다. 급한 일 따위가 갑자기 생기면 절대 안 된다. 이 책의 프롤로그에서 윤영과 준우의 경험담을 이미 털어놓은 바 있다. 새벽이라고, 미리 등록하지 않았다고, 경기도에서 서울로 넘어간다는 이유로 둘은 장애인 콜택시 배차를 거부당했다.

어쩌면 처음부터 특별한 무언가를 따로 만든 것이 문제였을지도 모른다. 일반 택시에 휠체어가 실리지 않으니 장애인 콜택시라는 '특별교통수단'을 따로 만들었던 것 말이다. 차라리 처음부터 모두가 탈 수 있는 택시를 만들었다면 더 경제적이고 더 효율적이었을 것이다.

실제로 영국 런던에는 장애인과 비장애인 모두가 탈 수 있는 '블랙캡(Black Taxis)'이 있다. 일반 택시지만 휠체어에 탄 채로도 탑승이 가능한 경사로가 달려 있다. 운전기사는 승객의 장애 여부나 정도에 따라 고객 응대가 가능하도록 전문적인 교육을 받는다고 한다.

우리나라에도 런던의 블랙캡을 차용한 택시가 있기는 하다. 그러나 부피가 큰 전동휠체어는 실을 수 없으며, 그나마도 대중화까지는 많은 시간이 걸릴 것으로 보인다. 가장 좋은 대안은 장애인도 쉽게 탈 수 있는 택시를 만드는 것 아닐까? 휠체어를 탄 채로 길가에서 손을 흔들면 바로 앞에 멈춰서고, 휴대폰 앱으로 부르면 장애 여부와 상관없이 달려오는 그런 택시 말이다.

20년 전과 달라진 것들

모든 게 제자리인 것처럼 보이지만 그래도 달라진 것이 있다. 바로 현장의 반응이다. 20년 전에는 장애인들이 시위를 하건 말건 바쁘게 제 갈 길을 가거나 모진 말 한마디 던진 채 돌아서는 게 다였지만, 이제는 많은 사람들이 휴대전화를 꺼내 든다. 시위 현장을 찍어 SNS에 올리거나 커뮤니티에 알리기 위해서다. 여론이 빠르게 형성되자 언론도 신속하게 시위 소식을 알리기 시작했다.

정치권도 움직였다. 누군가는 시민을 볼모로 삼는다며 비난했고, 또 누군가는 장애 체험을 해보겠다고 휠체어로 출근길에 올랐다.[40] 이제는 지하철을 타지 않아도, 서울에 살지 않아도 장애인 단체가 지하철에서 시위한다는 사실쯤은 누구나 안다. 시위를 이끌어온 전국장애인차별철폐연대(전장연)로서는 당황스러우면서도 고무적인 일이다. 지난 20년 동안 아무리 외쳐도 별 관심들이 없었는데 한순간에 세상의 이목이 집중되었기 때문이다.

그러나 거기까지였다. 발 벗고 비난하던 정치인도 장애 체험을 하던 정치인도 명쾌한 해결책을 내놓지는 않았다. 오히려 골칫거리 숙제만 안겨주는 전장연을 시민들로부터 고립시키는 쪽으로 뜻을 모았다. 시민들로 하여금 시위의 정당성을 의심하고 또 의심하게 만들어서 단 5분도, 단 1분도 지하철에서 머물지 못하게 하는 것이다.

신랄한 비난을 쏟아내는 사람들이 등장했다. 현장에서의 비난은 예전에도 있었지만 이제는 온라인 오프라인을 가릴 것 없이 맹비난이 빗발쳤다. 온라인 공격은 거침없고 집요했다. 전장연 홈페이지는 서버가 다운되었고, 데이터를 보관하던 구글 드라이브는 누군가에 의해 파일이 삭제됐다.

현실에서도 우려했던 일들이 벌어졌다. 욕설을 넘어서는

혐오와 폭력이 실제로 일어났던 것이다. 어떤 사람은 전장연 사무실에 불을 지르겠다고 협박했고, 시위에 참여하는 활동가들이 누군가에게 쫓기거나 폭언과 협박을 듣는 일이 잇따라 발생했다.[41]

그러나 비난만 쏟아진 것은 아니었다. 장애인의 현실에 공감하며 응원하는 시민들도 많았다. 박경석 전장연 대표가 지하철 안을 기어가며 "출근길 늦게 해드려서 죄송합니다"라고 사과하자 한 승객이 "괜찮아요"라고 말하는 동영상이 여러 곳에 공유되었고, 어떤 승객이 욕설을 섞어가며 비난하자 "이 사람들이 오죽하면 이러겠냐"며 목소리를 높여 옹호하는 시민도 있었다.[42]

여론도 조금씩 호의적으로 바뀌었다. 시민 800명을 대상으로 장애인 이동권 시위 관련 설문조사를 한 결과 58.3%의 시민이 "장애인의 대중교통 탑승은 당연한 일이며 개인 일정에 차질이 생겨도 감수할 수 있다"라고 답한 것이 한 언론사를 통해 알려졌다. "불편을 감수 못 하겠다"는 응답은 32.9%에 불과했다. 또한 "장애인 이동권 이슈가 갈등 사회를 만들 것"이라는 응답은 32.4%에 그쳤고, 과반이 넘는 53.5%가 "우리 사회를 더욱 건강하게 만들 것"이라고 평가

하기도 했다.[43]

그런가 하면 노동자, 양육자, 노인단체 등 시민사회단체들이 모여 '모두의 차별 없는 이동권 보장 촉구 기자회견'을 열고 전장연 지지를 선언했다. 어느 참가자는 "아이를 낳아 유아차를 끌어보니 대한민국은 다리가 자유로운 사람만이 이동권을 누리고 있고, 그들만 편한 선진국이라는 사실을 알게 되었다"고 했다. 그리고 "우리 모두 장애인 이동권 투쟁에 빚졌다"라며 연대의 뜻을 밝혔다.[44]

비난 여론이 더 주목받는 것처럼 보여도, 알고 보면 많은 사람들이 인권과 평등의 이름으로 장애인들과 함께하고 있는 것이다.

인간다운 삶을 위한 '권리 예산'

장애인들의 시위에는 이동권 못지않게 중요한 이슈가 하나 더 있다. 전장연이 주장하고 있는 〈장애인 권리예산〉이 그것이다. 여기에는 이동권부터 활동지원 서비스에 이르기까지 장애인이 인간답게 살기 위해 필요한 예산이 적혀 있다. 정부가 오랫동안 외면해온 덕분(?)에, 더욱 구체화된 요구안이 완성된 것이다.

장애인 권리예산은 크게 네 가지로 나뉜다. 대략적인 내용은 다음과 같다.

① **장애인 이동권 예산** : 각 지역의 장애인 콜택시 사업비를 정부가 더 많이 지원하는 방안

② **탈시설 예산** : 시설에서 벗어나 당사자가 원하는 곳에서 살 수 있도록 지원하는 방안

③ **평생교육시설 예산** : 제때 교육받지 못했던 성인 장애인을 위한 교육 방안

④ **장애인 활동지원 서비스 예산** : 활동지원 서비스 시간이 부족한 최중증 장애인을 위한 방안

"해달라는 게 왜 이렇게 많아?"라거나 "왜 내가 낸 세금으로 이런 걸 해줘?"라고 비난하는 사람들은 국가와 사회의 역할에 대해 진지하게 고민해봐야 한다. 먹고, 움직이고, 화장실에 가고, 원하는 곳으로 이동하고, 살고 싶은 곳에 살고, 최소한의 교육을 받는 것. 인간으로서 당연히 누려야 할 이런 권리조차 외면한다면 대체 국가는 왜 존재하는가?

다음은 전장연에서 요구하는 장애인 권리예산을 독자들

이 이해하기 쉽게 정리한 것이다.

[교통약자법 개정에 따른 장애인 이동권 예산]

장애인 콜택시의 규정이 지역마다 들쑥날쑥해서 이용하기 힘들어요. 안정적인 이동지원센터의 설치·운영에 필요한 자금을 중앙정부가 서울 50%, 지방 70%까지 지급해주세요.

[탈시설 예산]

2041년까지 탈시설 정책을 완성하겠다고 했지만 2022년에도 시설에 들어가는 예산(6,224억 원)이 탈시설 예산(24억 원)보다 훨씬 많아요. 초기에 안정적인 예산을 구축해야 실제로 이행될 수 있어요.

[평생교육시설 예산]

2020년 장애인 실태조사에 따르면 이미 성인이 된 장애인 중 9%는 무학이고 28%는 초등학교만 졸업했다고 해요. 이들이 평생교육시설에서 공부할 수 있도록 해주세요.

[장애인 활동지원 서비스 예산]

중증장애인은 활동지원을 통해서 생존과 직결된 문제를 해결할 수 있어요. 호흡기를 점검하거나 밥을 먹거나 화장실을 가는 일도 포함이죠. 24시간 활동지원이 필요한 최중증 장애인도 하루 최대 16시간밖에 활동 지원을 받지 못하고 있어요. 그마저도 현재는 고작 다섯 명만 받고 있고요(2021년 기준). 전체 장애인으로 따지면 0.006% 수준이죠. 24시간 활동지원이 필요한 장애인은 이보다 훨씬 많아요.

이걸 보면 누구에게나 당연했던 일들이 장애인에게는 얼마나 먼 이야기였는지 보인다. 시위의 정당성을 둘러싼 논란이 왜 본질에서 비껴난 것인지도 알게 된다. 온갖 비난을 무릅쓰고 아침마다 지하철로 나서는 이들이 달리 보이기 시작할 때, 그리고 그들의 주장이 달리 들리기 시작할 때, 정당성 논란은 비로소 종지부를 찍게 될 것이다.

나는
선량한 시민일까?

서울에 사는 나는 지하철로 출퇴근을 한다. 3호선을 타고 집에 가려는데 오늘따라 지하철이 제시간에 들어오지 않는다. 그때 안내방송이 나왔다.

"현재 3호선 ○○역에서 전국장애인차별철폐연대의 시위가 진행 중이어서 열차 운행이 지연되고 있습니다. 승객 여러분들의 양해 부탁드립니다."

한참 후에 도착한 지하철은 그야말로 초만원이었다. 평소라면 휴대폰으로 무료함을 달랠 텐데 오늘은 서 있기조차 버거웠다. 사람들의 한숨과 짜증이 여기저기서 터져 나왔다.

나 역시 이런 상황이 달갑지 않았다. 몸도 고단했고 배도 고팠으니까. 얼른 집에 가서 쉬고 싶었다. 하지만 불평하지 않기로 결심했다. 설령 불평을 하더라도 그 대상이 전국장애인차별철폐연대(전장연)가 되어서는 안 된다고 생각했다. 그것은 내가 '장애인 권리예산 확보' 운동에 동참하는 나름의 방식이기도 했다.

평소보다 30분 늦게 집에 도착했다. 생각했던 것보다는 늦지 않은 시각이었다. 뉴스에서는 전장연의 지하철 시위와 시민들의 반응, 정치권의 발언이 잇따라 보도되었다. 자연스레 눈길이 갔다. 어느 정당 대표의 발언이 흘러나온다. 그는 신랄한 어투로 전장연의 시위를 비판하고 있었다.

"선량한 시민 최대다수의 불편을 야기해 뜻을 관철하겠다는 것은 문명사회에서 받아들이기 어려운 방식입니다. 이것이 용납되면 사회는 모든 사안에 대해 합리적 논의나 대화가 아닌 가장 큰 공포와 불편을 야기하기 위한 비정상적인 경쟁의 장이 될 것입니다."[45]

'선량한 시민'이라는 말에 고개가 갸우뚱해진다. 선량하다는 말은 착하다는 뜻이다. 그렇다면 시위로 불편을 겪은 사람들은 모두 착하다는 걸까? 직접 물어볼 순 없어도 그런 의미는 아닌 것 같다.

여기서 말하는 선량한 시민은 의외로 단순하다. 다른 사람의 출근을 방해하지 않는 사람, 사회에 물의를 일으키지 않는 사람이다. 바꿔 말하면, 불만 없이 사회체제에 순응하는 사람만이 선량한 시민이라는 뜻이기도 하다. 사회에 큰 문제나 혼란을 일으키지 않고 조용히 살아가는 사람만이 선량한 시민이 될 수 있다.

그렇다면 나도 선량한 시민에 속한다. 여태껏 사회를 향해 어떤 불만도 꺼낸 적이 없기 때문이다. 단지 장애가 없어서 불편함을 몰랐던 것뿐인데 난생처음 선량하다는 소리를 듣는다. 그래서 선량한 시민인 것이 나는 자랑스럽지 않다. 내가 지금까지 편하게 살 수 있었던 건 비장애인이라는 특권을 누렸기 때문이었다.

그러니까 진실은 정반대다. 나는 오히려 불량한 시민에 가깝다. 학교에 가지 못하거나, 지하철을 타지 못하거나, 수용시설이 아니면 살지 못하는 그들을 보면서도 분개하지 않고 함께 목소리를 내지 않았으니까.

나는 더 이상 선량한 시민에 머물러 있길 원치 않는다.

(2022년 3월, 준우의 일기 중에서)

어느 정치인의
발언에 대하여

유난히 더웠던 여름. 윤영은 이유도 없이 뼈가 부러지곤 했기 때문에 그날도 무거운 깁스를 다리에 감고 마루에서 선풍기를 쐬고 있었다. 그때 누군가 마당에 들어섰다. 윤영은 그가 누군지 바로 알아챘지만 못 본 척 시치미를 떼었다. 너무 수다스러운 어른이라 최대한 늦게 만나고 싶었기 때문이다.

그는 이런 윤영을 두고 '방안퉁수'라고 놀렸다. 허구한 날 집안에만 틀어박혀 있으니 남들 앞에선 인사도 못 하고 가족들 앞에서만 큰소리를 친다는 것이다. 그때는 너무 어려서 뜻을 몰랐지만 어떤 느낌으로 말하는지는 충분히 알 수 있어서, 윤영은 점점 더 그가 싫어졌다. 그날도 여느 때처럼 어른들 앞에서 보험 상품을 한참 설명하던 그가 대뜸 윤영에게로 시선을 돌렸다.

"윤영아, 일본에 대단한 사람이 있다더라. 팔다리도 없어서 너보다 힘든데도 아주 훌륭한 사람이 되었다지 뭐니."

얼마 후 윤영의 손엔 그 훌륭한 사람의 자서전이 들려 있었다. 전동휠체어에 올라탄 그는 '오체불만족'이라는 제목과는 달리 아주 만족스러운 표정으로 윤영을 바라보고 있었다. 책 속에서 그는 아주 바쁜 삶을 사는 중이었다. 단순히 학교에 다니는 것에서 그치지 않고 야구, 수영, 럭비부까지 적극적으로 참여했다. 그가 옷을 사러 폭설을 뚫고 백화점에 가는 장면에서 윤영은 책을 덮었다.

그즈음 윤영은 교장 선생님께 사정하여 일반 초등학교로 겨우 전학할 수 있게 된 상태였다. 그 책을 읽을 때마다 뭐라 말로 설명할 수 없는 이상한 마음이 들었다. 단순히 부러운 마음만은 아니었다. 하지만 어른들은 쉬지 않고 말했다. "너도 그 사람처럼 장애가 있어도 훌륭한 사람이 될 수 있어!" 마치 마법을 거는 주문 같았다.

공허한 그 단어, '공정'

한참이나 지난 일이 어제처럼 또렷하게 떠오른 것은 정치인 L의 인터뷰 때문이었다. 정확히는 "(평범한) 회사원의 아들이 공부 열심히 해서 장학금 받고 최고의 학교에 다니고 나중에 제1야당 대표까지 할 수 있으면 그게 공정이라 생각한다"[46]라는 대목에서였다. 그의 말은 노력하면 얼마든지 훌륭한 사람이 될 수 있다던 그 시절 어른들과 다를 바가 없었다. 각자가 처한 현실은 살피지 않은 채 오직 자기의 경험만을 강조하고 있기 때문이다. 윤영을 새삼 무력감에 빠지게 만드는 그의 말들이 정말로 맞는 것인지 의심이 들기 시작했다.

L은 2030 청년층에 인기가 많은 사람이다. 평소에 쓸데없는 말들만 골라서 내뱉다가 정작 말이 필요할 때는 입을 꾹 닫아버리는 기성 정치인들과 달리, 그는 늘 시원시원한 말투로 논쟁의 전면에 나섰다. 지위나 체면 따위를 내세우지 않는 날선 토론을 즐겼고, 덕분에 청년들도 자유롭게 이야기할 수 있는 분위기를 만들었다. 그런 면모가 사람들로 하여금 기성세대와 뭔가 다른 정치를 할 것이라는 기대를 품게 했다.

하지만 공정에 대해서라면 이야기가 사뭇 다르다. L이 자기가 속한 세계에서 공정함을 맛보는 동안 최소한의 기회조차 갖지 못한 이들도 많았기 때문이다. 꿈이 없었던 것도 아니고 노력을 안 한 것도 아닌데 말이다.

윤영만 해도 그렇다. 굳이 비장애인과 비교할 것도 없이, 똑같이 장애가 있는 자서전 속 주인공과도 달랐다. 주인공이 학교에서 수영을 배울 때 윤영은 계단밖에 없는 학교로부터 입학을 거부당할까 조마조마했다. 주인공이 백화점에 옷을 사러 가는 동안 윤영은 휠체어조차 갖고 있지 못했다. 주인공이 기자와 교사에 이어 다음엔 어떤 꿈을 이룰지 고민할 때 윤영은 중학교 입학을 거부당하고, 바쁜 부모님 손을 최대한 덜 빌리기 위해 온종일 집에만 있는 '방안퉁수'가 되었다. 자서전 속 주인공과 달리 윤영이 처한 환경은 너무나 열악해서, 혼자서 아무리 노력해도 뭔가 달라질 수 있는 상황이 아니었다.

L이 정치인으로서 신뢰를 얻기 시작한 건 부모의 지원 없이 순전히 자신의 노력만으로 성공했다는 점 때문이다. 그런 과정을 거쳤으니 누군가에게 특혜를 주지 않고 '공정'의 가치를 제대로 실현할 수 있을 거라고 많은 이들이 믿고 있다. 그는 흔히 말하는 금수저가 아니다. 하지만 그것만으로 공정한 과정을 거쳤다고 할 수 있을까?

결론부터 말하자면, 부모로부터 무엇을 받았는지 여부

는 하나의 평가 요소는 될지언정 그의 삶이 공정했다는 증거는 될 수 없다. 애초에 혼자만의 노력으로 성공할 수 있는 사람은 이 세상에 존재하지 않기 때문이다. 성공에는 노력이나 실력 말고도 많은 조건들이 필요하다. 시기적절한 운이 필요하고 때로는 누군가의 희생이 요구되기도 한다.

지방 학생들과 서울 학생들만 비교해봐도 그렇다. 서울 학생들은 집이 서울이라는 것만으로도 입시 경쟁에서 압도적인 우위에 선다. 양질의 교육에 접근할 기회가 훨씬 많기 때문이다. 그런데 집이 서울인 것은 당사자의 노력의 결과가 아니다. 태어나보니 집이 지방인 학생들 역시 게을러서 그곳에 태어난 게 아니다. 게다가 똑같이 집이 서울이라도 가정 형편과 주위 환경은 천차만별이다. 그러니 L이 오로지 혼자만의 노력으로 성공했다는 건 사람들의 착각일 뿐이다. 아니면 본인의 착각이거나.

만약 그가 중증 장애를 가진 사람이라면 어땠을까? 그래도 최고의 학교에 다니고 유학을 다녀오고 제1야당 대표까지 할 수 있었을까? 굳이 불가능하다고 단언하지는 않겠다. 다만, 그게 가능하려면 굉장히 많은 조건이 필요하다.

일단 부모가 그를 장애인 시설로 보내지 않아야 한다. 그곳에서는 자율성을 가지고 주체적으로 살아갈 준비를 하기가 힘들기 때문이다. 운 좋게 집에서 살게 되었어도 최연소 당 대표로 가는 길에 위기는 계속된다. 장애아를 돌보면서 생계를 이어가기가 쉽지 않기 때문이다.

장애아를 키우는 부모들은 대부분 병원에서 시작해 재활로 넘어간다. 여러 치료기관과 재활기관들을 아이와 함께 돌아다녀야 한다. 학령기가 시작되면 동행 장소 목록에 학교가 추가된다. 부모 중 한 명은 생계를 마다하고 365일 아이에게 매달릴 수밖에 없다. 만약 학교에 편의시설이 없다면 업어서 등교시킨 뒤 점심시간에 부리나케 달려와서 화장실에 데려다주고 다시 업어서 하교시켜야 할지도 모른다. 윤영의 어머니가 그렇게 살았다. 부모가 '평범한 회사원'이라면 그중 몇 명이나 이런 지원이 가능할까.

장애인은 사회에 자연스럽게 섞이기도 어렵다. 장애학생에게 너그러운 선생님을 만나야 하고, 그게 역차별이라고 투덜대지 않는 다정한 친구들도 있어야 한다. L이 최고의 대학에 입학하는 데 필요한 조건은 우수한 성적뿐이었지만, 장애가 있다면 성적뿐만 아니라 입학을 거부당하지 않을 행운도 필요하다. 또한 친구들 사이에서 소외되지 않고 학업과 동아리 활동에 몰두할 수 있을 만큼의 편의시설이 갖춰져 있어야 한다.

무사히 우수한 성적으로 졸업해서 정당에 가입했다고 치자. 단순히 장애인 당원의 머릿수를 채우는 사람 정도로 여겨지지 않으려면 그에 걸맞은 조건들이 갖춰져야 한다. 그를 장애인으로만 보지 않고 동등한 동료로 여기며 존중해주는 정치인들이 많아야 한다는 뜻이다. 걸핏하면 장애인 비하 발언을 일삼는 교양 없는 정치인들이 넘쳐나는 현실에서 그게 가능할지는 모르겠지만 말이다.

하나 더! 여기까지 오는 과정에서 지하철, 버스, 택시를 언제든 편하게 탈 수 있는 사회적 기반이 갖춰져 있어야 함은 말할 나위도 없다. 그러려면 그가 그토록 비난하는 전장연을 비롯한 장애인 단체들의 신세를 아주 많이 져야 할 것이다.

능력을 펼칠 수 있는 것도 '운'

아무리 탁월한 재능과 남다른 노력이 있다고 해도 환경이 열악하다면 결과는 초라해진다. 어쩌면 우리나라에서 장애인이 아닌 것은 굉장한 '운'일지도 모르겠다. 재능이 있건 없건 장애인은 빈곤을 경험할 확률이 비장애인보다 높다. 비장애인 빈곤율은 2020년 기준 15.3%에 그쳤지만 장애인의 빈곤율은 39.7%로 2배 이상 높으니 말이다.[47]

최고의 학교를 나와 최연소 당 대표가 될 수 있었던 데는 재능도 물론 한몫했겠지만 그게 전부는 아니다. 공부를 계속할 수 있었던 최소한의 물질적 여유, 그리고 무엇보다도 그가 비장애인이라는 '운'을 타고났기에 가능한 일이었다. 그런데도 L은 오롯이 자신의 재능과 노력으로만 성공을 이룬 것처럼 말한다.

이 대목에서 그에게 본인의 말을 주어만 바꿔서 다시 들려주고 싶다. 원래의 문장보다 이게 훨씬 더 진실에 가까울 것이다.

"중증 장애인이 공부 열심히 해서 장학금 받고 최고의 학교에 다니고 나중에 제1야당 대표까지 할 수 있으면 그게 공정이라 생각한다."

진실을 왜곡하는 그의 '말'

L의 말들 중에는 유독 장애인 혐오를 부추기는 것들이 많다. 지난 20대 대통령 선거가 끝난 뒤 그는 SNS에 전장연

을 콕 찝어 비판하는 글들을 올렸고, 이를 통해 전장연이 이끄는 시위에 대한 부정적 입장을 드러냈다.

"서울경찰청과 서울교통공사는 안전요원 등을 적극 투입하여 정시성이 생명인 서울지하철의 수백만 승객이 특정 단체의 인질이 되지 않도록 조치해야 합니다. (중략) 장애인의 일상적인 생활을 위한 이동권 투쟁이 수백만 서울시민의 아침을 볼모로 잡는 부조리에 대해서는 적극적으로 개입해야 합니다."[48]

"결국 불편을 주고자 하는 대상은 4호선 노원, 도봉, 강북, 성북 주민과 3호선 고양, 은평, 서대문 등의 서민 주거지역입니다."[49]

'인질'이나 '볼모' 같은 단어를 들으면 테러리스트들이 사람들을 가두고 위협하는 아찔한 장면이 떠오른다. 무고한 사람들을 붙잡아둔 채 정부와 위험천만한 줄다리기를 하는 것이다. 정부로서는 그들의 요구를 들어줄 수 없지만, 생명을 담보로 잡고 있으니 섣불리 제압할 수도 없는 노릇이다.

영화에서나 볼 법한 이런 장면을 L은 전장연에 덧씌웠다. 장애인 인권을 위해 애쓰는 사람들을 반사회적 위험 세력으로 묘사하고, 피해자들은 '선량한 시민'이라는 이미지를 만들어냈다. 이런 식의 교묘한 프레임이 만들어지면 사람들은 새로운 견해를 갖기가 힘들다. 프레임이 진실을 가려버리기 때문이다.

전장연은 지하철이라는 교통수단을 지연시켰다. 그러나 지하철에서 나가지 못하도록 시민들을 가두거나 누군가에게 폭력을 가하지는 않았다. 남들과 똑같이 대중교통을 이용하게 해달라는 호소가 어떻게 인질극이 되고 위협이 될 수 있을까?

어쨌든 이번에도 그는 뭔가 달랐다. 여론의 눈치를 살피느라 반대도 찬성도 내비치지 않는 여느 정치인들과 달리 전면에 나섰기 때문이다. 전장연을 내심 못마땅하게 여겼던 사람들은 무척이나 통쾌했을 것이다. 게다가 4호선과 3호선의 지역명을 특정해 언급했다. 전장연의 주장에도 나름 일리가 있다고 생각해서 불만을 차마 입 밖으로 꺼내지 못하던 그 지역 사람들에게 "불편을 호소하세요, 저 사람들을 비난해도 괜찮아요"라고 넌지시 말해주는 것과 다를 바 없는 일종의 선동이었다.

그렇게 자신에게 호감을 느끼는 사람들을 지지층으로 끌어들이면서 전장연을 비난받아 마땅한 집단으로 전락시켰다. 시민으로서 동등한 권리를 호소하는 전장연을 오히려 시민들의 적으로 만들어버린 것이다. 그가 SNS 포스팅을 늘려갈수록 전장연을 향한 사람들의 비난도 점점 많아졌고 발언 수위도 갈수록 높아졌다.

2022년 4월, 대통령직 인수위의 답변을 기다리느라 한동안 멈췄던 전장연의 시위가 다시 시작되었다. 그러자 L이 재차 '볼모'를 언급했고, 그 소식을 다룬 인터넷 기사에 "일반 시민의 권리를 보호하기 위해 공권력이 엄중하게 작동되어야 한다. 지금 막지 않으면 이러한 테러 분자들이 기승을 부릴 것"이라는 섬뜩한 댓글이 달렸다.[50] L의 갈라치기가 정확히 먹혀들고 있다는 반증이었다.

실제로 L이 전장연의 지하철 시위를 언급하고 난 뒤에 악플과 혐오 발언이 눈에 띄게 증가했다. 누군가의 분석에 따르면, 시위를 주도한 전장연과 장애인을 향한 악플이 1주일 동안 2.7배 늘었고 장애 혐오 발언은 9.7배나 늘었다고 한다.[51]

정치권에서 장애를 비하하는 표현은 이전에도 꾸준히 있었다. "정치권에는 말하는 것을 보면 정상인가 싶은 정도로 정신장애인들이 많이 있다"[52]거나 "외눈박이, 질름발이, 벙어리, 집단적 조현병"[53] 같은 말들을 버젓이 쓴 뒤 관용어였다고 핑계를 대는 식이다.

그나마 이런 말들은 부주의에서 나온 것이라고 이해해줄 수 있다. 그러나 L의 말은 분명한 의도를 담고 있다. 몰라서 저지른 실수가 아니라는 얘기다. 언어가 가진 본래의 뜻을 정확히 알고 파급효과까지 꿰뚫은 것으로 보인다. 불만을 품고 있던 사람들을 부추겨 장애인들을 공격하도록 만든 것도 그래서 가능했던 것이다.

그가 내뱉은 말들은 장애인과 비장애인(선량한 시민?) 모두에게 악영향을 끼쳤다. 출근길에 불편을 겪는 시민들을 생각해주는 척하지만 알고 보면 립 서비스에 불과하다. 정말로 시민들의 불편을 헤아렸다면 현장으로 뛰어가서 양쪽의 얘기를 들어야 했다. 정치인으로서 영향력을 SNS 포스팅에 사용할 게 아니라, 전장연과 정부 사이에서 합의점을 찾아 시위를 중단시키는 데 써야 했다. 그래야 모두가 불편한 상황에서 하루라도 빨리 벗어날 수 있을 테니 말이다. 하지만 그가 한 일은 SNS에 글을 올리고, 싸움을 부추기고, 지하철 시위를 끝낼 수 없도록 만든 것밖에 없다.

인권의 관점에서 바라본
지하철 시위

전장연 시위에 대한 짧은 문답

Q. 왜 하필 지하철인가요?

A. 대한민국 지하철이 처음 설계되던 당시 장애인은 없었다. 세상에 존재하지 않았다는 것이 아니라, 장애인이나 노약자가 사용할 것을 전혀 염두에 두지 않은 상태에서 만들어졌다는 뜻이다. 전장연은 지난 20년간 이 문제를 꾸준히 제기해왔지만 정부는 단 한 번도 진지하게 받아들이지 않았다. 결국 지금까지도 장애인은 지하철 이용에 많은 제약을 받고 있다.

대한민국의 GDP(국내총생산) 대비 복지예산 지출 규모는

OECD 국가들 중 최하위권이다. 가입 심사 중인 나라를 포함한 38개국 중에서 35위를 차지하고 있다.[54] 국가의 생산 능력은 높은데 복지에는 그만큼의 돈을 쓰지 않는다. 이 나라가 복지의 최하위권을 맴도는 동안, 사회 취약계층은 당연한 권리조차 보장받지 못한 채 살아왔던 것이다.

그럼에도 장애인들의 고통은 그동안 널리 알려지지 못했다. 듣는 이도 없고 해결하려 나서는 이도 없는 상태에서 수십 년이 지나왔다. 존재 자체를 무시당하는 상황에서 당사자들은 과연 어떤 선택을 할 수 있을까? 필연적으로 "소란을 피울 것인지 아니면 침묵을 받아들일 것인지 선택하도록 내몰리게 된다."[55] 막다른 길에 서 있는 장애인들로서는, 세상의 무관심을 돌려놓을 만큼 파격적인 시위 방법을 선택할 수밖에 없는 것이다.

그렇게 출근길 지하철이 시위 장소가 되었다. '왜 하필 지하철?'이 아니라, 지하철이어서 선택된 것이다. 서울시민이 가장 많이 이용하는 대중교통이 지하철(39.7%)이기 때문이다. 이용률이 높은 만큼 파급 효과도 높을 수밖에 없다. 그러니까 "시위가 그렇게 하고 싶으면 국회의사당 앞에서 하든가!"라는 비난은 번지수를 한참 잘못 찾은 것이다.

국회에도 물론 갔었다. 뿐만 아니라 정부의 책임부처나

관련부처까지 이미 안 찾아가본 곳이 없다. 청와대 안에도 들어가고, 기획재정부나 국회 의원실에서 시위를 벌이다가 연행된 적도 있다. 그런데도 아무 소용이 없었다.

결국 전장연은 막다른 길에서 '침묵 대신 소란을 피우기로' 결정한 것이다. 자신들에게 닥칠 위험과 시민들의 불편, 그로 인한 비난을 모두 무릅쓰면서 말이다.

Q. 그런데 왜 지하철에서 뜬금없이 '탈시설'을 이야기하나요?

A. "전장연의 지하철 시위가 불가피하다고 주장하려면 요구사항이 장애인 이동권에만 맞춰져 있어야 합니다. 미국과 영국의 장애인 투쟁을 살펴봐도 시위의 목적이 오직 장애인 이동권에만 있었어요. 그런데 전장연은 어째서 시민을 볼모로 삼으면서까지 이동권과 상관없는 탈시설을 외치는 겁니까?"[56]

어느 정치인의 주장이다. 전장연이 이동권 외에 다른 권리들까지 지하철에서 주장하는 것을 두고, 요구사항과 장소가 걸맞지 않다고 비판하는 것이다. 이동권만 주장하면 즉시 대책을 마련할 거냐고 당장 되묻고 싶지만 일단 제쳐두자. 그의 지적은 과연 타당한 것일까?

그가 말한 대로 대중교통을 둘러싼 장애인 이동권 시위는 여러 나라에서 있었다. 과거 영국의 웨일스도 마찬가지였다. 시위의 물결이 거세지기 시작할 무렵, 장애인 단체와 시민단체가 모여 전철과 버스에 몸을 묶고 외쳤다. "나는 동정의 대상이 아니다. 우리가 원하는 것은 다른 시민들처럼 버스에 타는 것이다!" 교통이 마비되고 비난과 질타가 쏟아졌지만 그들은 시위를 멈추지 않았다.

결국 1995년 11월 영국 의회에서 〈장애인차별금지법〉을 통과시켰다. 처음에는 이동권 시위로 시작했지만 사회적 논의가 활발해지면서 다른 권리들 역시 중요하다는 쪽으로 의견이 모아졌고, 아예 차별 자체를 금지하는 법이 생긴 것이다. 장애인이 사회활동에 참여할 수 있으려면 이동권뿐만 아니라 노동이나 교육 같은 여러 권리들을 함께 보장받아야 한다는 게 그 사회의 결론이었다.

그러므로 탈시설과 지하철이 무슨 상관이냐는 지적은 무의미하다. 이동권 요구를 차별 금지로 승화시켰던 웨일스의 정치인들보다 정치감각이 30년이나 뒤처져 있음을 스스로 실토한 것에 불과하다. 그의 말대로라면 지하철에서는 이동권만 이야기하고 교육부 앞에서는 평생교육시설을 주장하고 국회 앞에서는 탈시설을 외쳐야 할까? 그러려면 세상 모든 집회와 시위 현장에 정부조직 전문가가 반드시 필요할 것이다.

전장연의 박경석 대표 역시 "이동권이 확보되어야 탈시설도 가능하고 평생교육도 가능하다"고 말한다.[57] 애초에 인간의 권리라는 건 어느 하나만 똑 떼어내서 생각할 수가 없는 것이다.

Q. 솔직히 한국 지하철은 이미 훌륭하지 않나요?

A. 서울 지하철의 엘리베이터 설치율은 94%에 달하고 모든 역(코레일 제외)에 스크린도어가 설치된 지 오래다. 굳이 수치로 비교할 필요 없이 눈으로만 봐도 우리나라 지하철 시설은 다른 나라보다 좋은 편이다. 윤영과 준우는 유럽 여러 나라에 가보았지만, 스페인의 마드리드나 바르셀로나를 제외하면 한국처럼 잘 정비되어 있는 곳은 찾기가 힘들었다.

세계 최초라는 영국의 런던 지하철도 엘리베이터가 있는 역은 손으로 꼽을 정도다. 설령 엘리베이터를 찾아내서 지하철에 타더라도 실내가 좁고, 플랫폼과 지하철 사이가 매우 넓어서 휠체어로는 두 번 다시 탈 용기가 안 난다. 프랑스도 이탈리아도 네덜란드도 모두 마찬가지였다. 장애인 편의시설이 잘 갖춰졌다고 소문 난 일본 역시 한국과 같은 스크린도

어는 좀처럼 찾아볼 수 없었다.

그런데도 전장연은 만족하지 못하고 엘리베이터를 100% 설치하라고 요구한다. 우리나라 장애인들이 욕심이 너무 많은 걸까?

윤영과 준우가 가보았던 나라들은 다른 선택지가 많았다. 지하철 말고도 버스와 택시, 트램을 쉽게 탈 수 있었다. 굳이 오래된 지하철을 힘들게 개조하지 않더라도, 그곳의 장애인들에게는 대체 수단이 많은 것이다. 그런 줄도 모르고 윤영과 준우는 유럽 여행을 준비하며 무척이나 마음을 졸였었다. 휠체어 사용자를 위한 여행 정보가 워낙 없다 보니, 한국처럼 버스를 못 타는 줄로만 알았다.

직접 가본 뒤에야 그게 얼마나 불필요한 걱정이었는지 알았다. 길에 다니는 모든 버스들이 휠체어로도 탈 수 있는 저상버스였고, 런던의 '블랙캡'은 일반 택시인데도 전동휠체어를 타고 너끈히 승차할 수 있었다. 한국의 장애인 콜택시처럼 끝도 없이 기다리거나 치열한 예약 경쟁을 할 필요도 없었다. 파리와 로마 그리고 암스테르담에서는 버스와 트램으로 아무 불편 없이 스케줄에 맞춰 이동했다. 스페인 바르셀로나에서는 지하철과 버스를 모두 탈 수도 있었다.

그들에겐 너무나 당연한 일상인데 둘에게만 낯설어서 위화감이 들 정도였다.

그래서 한국의 속사정을 좀 더 들여다봐야 한다. 매일 아침 지하철을 멈춰 세우는 이유가 바로 거기 있으니까 말이다. 일단 휠체어를 타고 원하는 시간에 출발해서 원하는 장소까지 가려면 그나마 제약이 제일 적은 교통수단이 지하철이다. 다른 나라는 지하철에 목매지 않아도 여러 대안들이 있지만 한국에서는 다른 선택지가 없는 것이다.

그러니까 전체 지하철역 중 94%에 엘리베이터가 있다고 해도 결코 높은 숫자가 아니다. 엘리베이터가 없는 나머지 6% 중 한 곳이 내가 사는 동네라면, 내가 다니는 학교나 회사가 있는 곳이라면, 그래도 90%가 넘으니까 충분하다고 말할 수 있을까?

환승도 문제다. 보통은 통로를 쭉 따라가다 보면 환승할 노선의 플랫폼이 나온다. 그러나 휠체어를 사용하는 사람이라면 사정이 다르다. 서울 지하철의 69개 환승역 중 절반이 넘는 35개 역에서 환승에 어려움을 겪는다. 리프트를 이용하거나 개찰구를 나갔다가 다시 들어와야 하고, 심한 곳은 아예 지하도 밖으로 나가서 이동해야 한다. 말로 설명하기가 너무 복잡해서 아예 환승 지도를 따로 만들어 안내하는 역이 있을 정도다.

휠체어 사용자의 환승이 얼마나 힘든 일인지는 수치로도 밝혀졌다. 한 연구에서 비장애인과 장애인의 환승 거리를 비교해본 것이다. 장애인이 환승에 필요한 거리를 따져보니 비장애인보다 평균 4.8배가 길었다. 가장 심한 곳은 거리가 18배나 차이가 났고, 시간은 무려 28배나 더 걸렸다.[58]

현실을 확인하기 위해 직접 실험에 나선 기자도 있었다. 그는 직접 휠체어를 탄 채 지하철 5호선에 올랐다. 한 정거장을 가기 위해 엘리베이터 네 번, 리프트 두 번을 탔다. 길을 헤매고 전동차 사이에 휠체어 바퀴가 빠지고 하는 동안 1시간 30분이 흘렀다. 종점에서 종점이 아니고, 겨우 한 정거장 가는 데 걸린 시간이다.[59]

한국의 지하철은 훌륭하다. 장애나 질병이 없고 두 다리가 튼튼한 젊은 사람에게는 분명히 훌륭하다. 문제는 교통약자들이다. 교통약자는 장애인뿐 아니라 대중교통을 이용하기 힘든 노인, 임산부, 영유아를 동반한 사람, 어린이 등을 모두 포괄하는 개념이다. '2021년 교통약자 이동 편의 실태조사'에 따르면 우리나라의 교통약자는 약 1,551만 명이라고 한다. 전체 인구의 30%에 해당하는 수치다.

이 교통약자 인구가 2016년에 비해 80만 명이나 늘었다. 한국 사회가 고령화되면서 노인 인구가 가파르게 늘어나고 있기 때문이다. 지하철의 편의성을 높이는 건 장애인만의 문제가 아니고 우리 모두의 문제라는 뜻이다.

Q. 어차피 그거 다 불법 시위잖아요?

A. 전장연에 품은 한 가닥의 연민마저도 싹둑 자를 수 있는 마법의 문장이 있다. "우린 지금 돈 벌러 가는데!"가 그것이다. 승객들 중 누군가 그렇게 말하면 모두가 고개를 끄덕이고 만다. 출근 시각! 직장인의 노동이 시작되는 아침 9시는 누구도 거스를 수 없는 절대적인 영역이기 때문이다. 장애인의 처지를 헤아리기보다는 지각하지 않는 게 더 중요하다.

당연한 이야기다. 정시에 출근해서 열심히 일하고 돈을 버는 것이야말로 자본주의 사회의 전형적 삶이기 때문이다. 오세훈 서울시장이 "지하철이 1분만 늦어도 큰일 난다"[60]며 전장연의 시위를 받아들일 수 없다고 선언한 것도 그런 이유에서다.

하지만 이런 논리는 돈을 벌 수 있는 사람과 못 버는 사람을 구분하고 갈라친다. 경제활동을 하는 사람만 가치가 있고 그렇지 못한 사람은 필요가 없다는 것이다. 지금은 사회의 중심에 있더라도 노동력을 잃게 되면, 즉 일할 수 없는 상태가 되면 하루아침에 쓸모없는 존재로 전락하고 만다. "우린 지금 돈 벌러 가는데!"라고 당당하게 외치던 사람도 언제든 변방으로 밀려날 수 있다는 뜻이다. 사람을 오로지 일하는 기계로만 취급하는 냉혹한 현실을 변화시키지 못한다면 말이다.

그래서 사람들은 집회를 열고 시위를 한다. 지금껏 무시당했던, 없어도 되는 줄 알았던 약자들의 목소리를 함께 내기 위해서다. 부당한 일에 항의하고 인권을 해치는 법률을 바꾸는 게 집회와 시위의 목적이다.

하지만 아무리 좋은 취지라도 여론이나 정치적 상황에 따라 불법으로 간주될 수 있다. 반대로 처음엔 불법이었던 것이 합법이 될 수도 있다.

2016년 박근혜 퇴진 촛불시위 당시 광화문광장의 세종대왕 동상을 경계로, 군중들이 거기를 넘어서면 불법으로 여겨지던 때가 있었다. 교통 불편을 이유로 경찰이 그렇게 정했기 때문이다. 그러나 법원은 집회와 시위의 자유를 보장해야 한다며 시위대의 손을 들어줬다. 불법이었던 것이 합법으로 뒤집힌 사례다. 이처럼 지금은 불법이지만 언제라도 합법이 될 수 있는 게 집회와 시위다. 시대적 배경이나 국민들의 정서에 따라 합법 여부가 결정되기 때문이다. 그러므로 현재 불법인지 아닌지는 시위에서 그다지 중요한 문제가 아니다. 너무나 절실해서 일부러 모인 사람들이기 때문이다.

방법이 불법적이라고 해서 시위대가 주장하는 내용까지 틀린 것이라 넘겨짚는 것 또한 바람직하지 않다. 전장연도 마찬가지다. 방식에 논란이 있다고 해서 장애인 권리예산에 대해 제대로 살펴보지도 않은 채 무작정 비난해서는 안 된다.

미국도 그랬다. '불법 시위'를 거듭하면서 조금씩 장애인의 권리를 찾아갔다. 무려 50여년 전인 1970년대의 일이었다. 미국에서도 장애인이 병원 같은 수용시설에 사는 것이 당연했던 시절, 뉴욕 어느 시설의 참혹한 실상이 방송으로 폭로되면서 변화가 시작되었다.

그곳에서는 심한 장애를 가진 아이들이 제대로 옷을 걸치지도 않고 샤워도 하지 못한 채 병실, 복도, 화장실 여기저기에 누워 있었다. 식사 시간이 고작 3분이어서 간병인이 흰 죽 같은 음식을 아이들 입에 억지로 밀어 넣었다. 급하게 심킨 음식물이 식도로 넘어가지 못하고 호흡기로 넘어가 폐렴을 일으켜도 그대로 방치됐다. 그 끔찍한 장면들이 방송으로 폭로되기 전까지, 대부분의 미국인들은 '시설 장애인'의 삶을 알지 못했다.

미국의 장애인단체 DIA(Disabled In Action)가 움직였다. 장애인 재활 법안의 핵심 조항인 '차별금지조항 504'호를 작동시키기 위해서였다. 이 조항에는 병원, 교육기관, 교통수단 등에서 장애인이 차별받아서는 안 된다고 쓰여 있었다. 그러나 서류상으로만 존재할 뿐 대통령도 예산을 핑계 삼아서 외면해온 조항이었다.

DIA의 활동가들은 거침없이 움직였다. 50명의 장애인들이 맨해튼 중심가에서 휠체어로 이어진 거대한 원을 만들어 교차로를 막기도 하고, 미국 전역의 보건교육복지부 11곳에서 동시다발적 시위를 벌이기도 했다. 샌프란시스코 보건교육복지부에서 시위하던 300여 명은 4층으로 올라가 지사장 사무실을 점거했다. 정부는 그들을 불법시위대로 간주하고 온수와 전화선을 끊어버렸다. 심지어 건물을 폭파하겠다는 협박도 서슴지 않았다. 그럼에도 시위대는 무려 23일 동안 점거를 이어갔다.

23일째 되던 날, 그들의 시위 장면이 미국 전역에 방송되면서 정부를 향한 비난 여론이 들끓어 올랐다. 결국 바로 다음 날 보건교육복지부 장관이 차별금지조항 504호에 서명했다.[61] 장애인들의 불법시위가 있었기에 가능했던 쾌거였다.

다시 한국으로 돌아와보자. 2022년 4월, 전장연의 박경석 대표는 전과 27범이 되었다. 20년간 장애인 인권을 위한 집회와 시위를 하면서 일반교통방해, 집회 및 시위에 관한 법률 위반 등을 수도 없이 반복해왔기 때문이다. '전과 27범'이라는 무시무시한 딱지는 불법을 저지르기로 결심한 사람이 짊어져야 할 책임의 무게이기도 하다.

하지만 아이러니하게도, 그에게 전과가 쌓일수록 윤영은 점점 더 사람처럼 살 수 있게 되었다. 중증장애인을 위한 활동지원 서비스를 받았고, 하나둘 늘어나는 지하철 엘리베이터 덕분에 더 많은 곳들을 다닐 수 있었고, 더 이상 죄인처럼 집에 갇혀 살지 않을 수 있었다. 시설에 가지 않고도 혼자서 잘 살 수 있었다.

누군가는 말한다. 장애인들의 시위 때문에 비장애인들이 피해를 보고 있다고. 그러나 또 누군가는 말한다. 오히려 대한민국의 모든 비장애인들이 오랫동안 장애인이 희생에 무임승차해왔다고! 대중교통을 포함한 국가시스템 전체가 장애인을 배제하거나 제한해왔는데도 지금까지 장애인들이 꾹 참고 기다려준 덕분에 한국 사회가 유지될 수 있었다는 것이다.[62] 바로 이게 전장연 시위를 둘러싼 논란의 핵심이라고 윤영은 생각한다.

전장연은 지하철에서 시민들을 향해 허락이나 양해를 구하고 있는 것이 아니다. 수십 년째 묵묵부답인 정부를 향해 규탄의 목소리를 함께 내달라고 호소하는 것이다. 국민들이 정부를 향해 일제히 비난을 쏟아내자 단 하루 만에 차별금지조항이 통과되었던 미국처럼 말이다.

장애인들의 눈에 비친 지하철 시위

전장연의 '권리예산' 시위에 대한 비장애인의 반응은 확인하기가 쉽다. 응원의 말과 비난의 말이 온라인 오프라인할 것 없이 넘쳐나기 때문이다. 그러나 여기에도 불균형은 있다. 비장애인이 전장연 시위에 대해 더 많이 말하기 때문에 크게 들리지만, 장애인들의 목소리는 잘 들리지 않는다. 장애인에 관한 이야기인데도 정작 당사자들의 생각은 별로 궁금해하지 않는 탓이다.

윤영과 준우는 예전부터 이런 현상이 몹시 어색하다고 느껴왔다. 그래서, 모두의 입장이 들릴 수 있도록 장애인 인터뷰이들의 솔직한 이야기를 담아보기로 했다.

"이 문제는 언제나 고민이 돼요. 지하철에서, 그것도 출근시간 때니까 승객들은 당연히 짜증이 날 수밖에 없거든요. 그 마음도 이해가 가요. 그래서 저는 비장애인들을 두고 '왜 그렇게밖에 생각 못 해?'라고 비난만 할 수도 없는 것 같아요. 게다가 그분들 대다수는 장애인과 마주칠 기회가 없었잖아요? 그래서 장애인들이 정확히 뭐가 힘든지 잘 몰라요. 더 자주 마주치고 이야기를 나눌 수 있는 기회가 우리 사회에는 필요한 거 같아요. 평생을 불편하게 살아온 장애인들의 상황도 마냥 외면할 순 없으니까요.

아! 그리고 언론에서 보도되는 방식도 불편해요. 어째서 이런 시위가 여태 이어지고 있는지를 제대로 다뤄야 하는데 '불법시위'라는 말과 사람들의 '불편함'만 크게 부각했어요. 마치 연예인들 논란 키울 때처럼 자극적인 면만 조명한다고 느껴졌거든요." (카라멜)

"저는 시위 현장으로 직접 가지 않을 때면 전장연의 페이스북 라이브 방송이라도 챙겨보는 사람이에요. 지하철에서 시위하니까 장애인 이동권만 이야기한다고 사람들이 생각하는 게 좀 답답해요. 그거를 깨고 싶어요. 정부가 조금만 깊이 이해했다면 우리가 이렇게까지 하진 않았을 거란 생각도 해요." (송지연)

카라멜 님과 송지연 님은 사람들이 잘 모르는 게 문제라고 생각한다. 다들 아는 것처럼 말하지만 장애인들이 정확히 어떤 점에서 어려움을 겪고 있는지는 모른다는 것이다. 장애인과 가까이에서 함께 살아본 적이 없기 때문이다.

서로를 잘 모르는 무지가 몰이해를 키웠다. 그래서 불편을 토로하는 목소리가 뉴스를 통해 많이 흘러나온다. 그러나 이동권 말고도 풀리지 못한 문제들이 여전히 쌓여 있다는 사실에는 관심이 미치지 못한다. 확실치 않은 정보를 가지고 넘겨짚는 것도 곤란하지만, 아예 관심을 두지 않는 것 또한 답답한 현실이다. 이런 무관심한 태도는 장애인 인권을 향상시키는 데 가장 큰 장애물이기 때문이다.[63]

"아직 우리 사회가 부족하니까 그렇게 나올 수밖에 없다고 생각해요. 다른 나라의 시위 과정을 봐도 도로를 막고 하더라고요. 우리나라만 특별하게 큰 피해를 본다고 생각하지는 않아요. 오히려 언론이나 정치권에서 다루지 않았기 때문에 이렇게 노이즈를 만들어서라도 사람들에게 알리려는 거죠. 지금도 엘리베이터가 없는 건

물이 더 많잖아요? 버스나 지하철 타기도 절대 편하지 않아요." (임성엽)

전장연의 시위가 이토록 처절해지고 장기화된 가장 큰 책임은 장애 문제를 매번 후순위로 미뤘던 정치권에, 그리고 지금껏 이런 상황을 국민들에게 알리지 않았던 언론에 있다. 하지만 정당하지 못하다고 여겨지는 쪽은 여전히 전장연이다. 소수의 '극렬' 활동가들이 다수에게 피해를 끼친다고 비난을 받기도 한다.

사실 국민 개개인이 시위에 나서는 것이 이상적인 모습은 아니다. 가장 이상적인 건 국민이 거리에 나서기 전에 정부와 책임기관이 해결책을 찾는 것이기 때문이다. 2016년 미국 법무부는 미국 최대 고속버스 운영사인 '그레이하운드'를 대상으로 소송을 제기했다. 어느 휠체어 사용자가 버스에 타려고 할 때 버스 기사가 "휠체어는 버스에 태울 수 없으니 휠체어를 짐칸에 싣고 계단으로 올라가라"고 요구했기 때문에 〈미국장애인법(American Disabilities Act)〉을 위반했다는 것이다.

소송의 결말은 어땠을까? 당연히(!) 고속버스 회사가 패소했다. 그동안 항의했던 휠체어 사용자 2,100명에게 약 30억

원을 지급하라는 통쾌한 명령과 함께 말이다.[64]

그야말로 꿈같은 이야기다. 문제를 제기하는 쪽도 개인이 며 차별과 혐오에 맞서야 하는 쪽도 여전히 개인인 우리나라 에서는. 정부가 장애인을 대변하여 소송을 걸고 법원이 그런 정부의 손을 들어주는 풍경을 우리는 언제쯤 볼 수 있을까?

시위의 내용보다 정당성 여부에 논란이 집중되는 원인은 장애인 이동권 문제가 많이 해결되었다고 믿는 착각[65]에도 있다. 그 옛날 리프트도 엘리베이터도 없던 시절에 비하면 지금의 상황이 꽤 괜찮은 것처럼 보이기 때문이다. 그러나 임성엽 님은 여전히 엘리베이터가 있는 건물을 찾아 헤매고, 대중교통을 타야 할 때면 여전히 버겁다고 느낀다. 사람들이 해결되었다고 착각하는 바로 그 문제들로 그는 여전히 고통 을 겪고 있다.

"아침에 나갈 때마다 너무 복잡한 감정이 들어요. 제가 다니는 학교는 4호선 라인에 있는데 등교 시간과 시위 시간이 딱 맞아떨어 지거든요. 아침에 친구들을 만나면 전장연 때문에 늦었다고들 해 요. '그 사람들 대체 언제 끝나는 거냐?'며 제 앞에서 하소연도 하 죠. 그때마다 너무 난처해요. 요즘 그게 너무 민감한 문제라서 친구들과 터놓고 이야기해본 적은 없어요.

　지하철을 탈 때 두려움을 느끼기도 해요. 어리고 여자인 데다가 휠체어까지 타니까, 시위에 불만을 가진 승객들이 혹시 나한테 해코지를 하지는 않을까 두려운 마음이 드는 것도 사실이에요. 그렇다고 시위를 그만했으면 좋겠다는 건 절대 아니에요. 전장연을 응원하면서도 동시에 그런 마음이 든다는 게 정말 솔직한 심정이에요.

　소수 때문에 다수가 불편을 겪는다? 우리나라는 그걸 정말 못 참는 것 같아요. 굉장히 민감하게 받아들이죠. 호주로 어학연수 갔을 때 느꼈어요. 수업에 한 친구가 늦어지니까 선생님이 너희끼리 예습이나 하고 있으라고 하더라고요. 지각이 좋은 건 아니지만 어쨌든 우리나라에선 절대 있을 수 없는 일이잖아요. 좀 더 유연하게 넘어갈 수 있으면 좋겠어요." (유지민)

　"회사 분들이 제게 이런 말을 해요. 이 시위 때문에 장애인에 대한 인식이 더 안 좋아지는 것 같다고요. 이런 말을 들을 땐 솔직히 저도 시위 시간대를 좀 바꾸든지 아니면 지하철이 아닌 다른 장소로 가든지 하면 좋겠다는 생각도 했어요. 하지만 이 방법 저 방법 다 써봤는데도 안 되니까 지하철에서 하는 기 아니겠어요? 게다가 이런 시위가 있었기 때문에 엘리베이터가 그나마 이 정도라도 생겼고, 제가 그걸 누리고 있는 거라고 생각해요. 그래서 두 가지 마음이 드는 거죠. '출근이 늦으졌으니까 저런 말이 나오는 건 어쩔 수 없지'와 '그래도 욕을 먹는 건 너무 안타깝다' 이런 마음이요." (연두)

이렇듯 장애를 가지고 사는 사람들도 전장연을 다양한 시각으로 바라본다. 응원과 지지도 있지만 장애인에 대한 인식을 나쁘게 만든다는 이유로 반대하는 경우도 적지 않다.[66] 이제야 장애인도 조금은 사람대접을 받게 되었는데, 권리니 뭐니 내세우다가 자칫 멸시받던 과거로 돌아갈까 두려운 것이다.

하지만 절대 잊어서는 안 될 사실이 하나 있다. 누군가가 어떤 권리를 주장할 때, 그에게 장애가 있느냐 없느냐는 전혀 중요하지 않다는 점이다. 권리를 주장하는 것 자체가 모든 사람들의 권리이며, 장애인들 또한 그런 권리를 당연히 갖고 있다. 설령 전장연이 싫더라도 그 감정을 주변의 특정 장애인에게 투사해서는 안 된다. 혹시 전장연이라는 단체를 장애인 개개인과 동일시하고 있지 않은지 경계해야 한다.

만약 지하철 시위로 장애인에 대한 인식이 나빠진다면 그것은 또 다른 문제다. 소수자를 향한 혐오와 폭력에 우리 사회가 그만큼 무감각해졌다는 신호이기 때문이다.

윤영과 준우가 만난 장애인 인터뷰이들은 요즘 어디에도 마음 두기가 어렵다고 했다. 출근 때마다 불편을 겪을 사람들을 생각하면 뭔가 다른 방법이 없을까 고민이 되지만, 장애인 인권활동가들 덕분에 학교에 다니고 직장에 다닐 수 있게 된 '나'를 보면 엄청난 부채감을 느끼게 된다.[67]

엘리베이터와 경사로와 저상버스는 그냥 생긴 것이 아니다. 많은 활동가들의 치열한 투쟁으로 만들어낸 것이다. 그들이 없었다면 결코 가능하지 못했을 일들이다. 이 사실을 잘 알고 있는 장애인들은 엘리베이터를 탈 때마다 마음이 불편하다. 모든 시설물에 그들의 땀과 눈물이 서려 있는 것 같아서다.

그러나 이런 마음은 아무에게도 털어놓을 수 없었다. 아침에 만난 학교 친구들은 "그 사람들 대체 언제 끝나는 거냐?"고 따지듯이 묻고, "이 시위 때문에 장애인에 대한 인식이 더 안 좋아지는 것 같다"고 말하는 직장동료와 함께 살아가야 하기 때문이다.

별 고민 없이 건넨 이런 말들이 장애를 가신 이들에게는 또 다른 억압으로 다가온다. 시위의 정당성을 의심하는 사람들 앞에서 "장애인인 당신은 어떻게 생각하는지, 당신도 동의하는지" 밝히라고 강요받는 것과 다름없기 때문이다.

전장연 시위가 논란이 된 뒤로 유지민 님은 지하철을 타기가 두렵다고 했다. 하지만 모르는 사람에게 공격받을지 모른다는 두려움뿐 아니라, 가까운 사람들로부터 받는 일상적인 억압도 고통스럽긴 마찬가지다. 그러다 보니 자주 만나는 사이일수록 전장연을 두둔하는 말을 못 하게 되었다. 그렇게 장애인의 목소리는 점점 작아지고, 사람들에게 잘 들리지 않는다.

그래서 이 인터뷰를 실었다. 부디 독자들에게 그들의 목소리가 있는 그대로 전해지기를.

쓸데없는 동시에
쓸모있는 상상

준우는 문득 이런 상상을 해보았다

…어느 날 아침, 갑자기 놀라운 일이 벌어진다. 마른하늘에 벼락이 내리치더니 세상에 장애인들이 엄청 많아진 게 아닌가? 원래 소수자였던 사람들이 하루아침에 주류의 자리를 차지해버렸다. 그들은 제일 먼저 도시건축을 총괄하기 시작했고, 대기업 총수의 자리에도 성큼 올랐다. 백화점이나 마트에서는 장애인이 쓰기 좋은 제품을 앞다퉈 선보였으며, 오로지 장애인들만 편리한 도시를 만들어갔다. 급기야 중증 장애가 있는 사람이 대통령으로 선출되었다. 힌순간에 세상이 뒤바뀐 것이다!

버스는 이제 의자보다 휠체어석이 더 많다. 지하철도 휠체어 전용칸이 다 차지해서 비장애인 좌석은 찾기조차 어렵다. 지하철이건 버스건 비장애인이 타기만 하면 매서운 눈총을 받는다. 길을 걸을 땐 또 어떤가. 한 걸음 한 걸음에 촉각을 곤두세워야 한다. 쌩쌩 달리는 육중한 휠체어에 발을 밟히지 않으려면 말이다.

화장실도 죄다 휠체어 전용이 되어서, 운이 나쁘면 화장실 한 번 가려고 1km가 넘게 뛰어야 한다. 지하철역에 비장애인용 화장실이 딱 한 칸 있기 때문이다. 그 앞에서 쩔쩔매며 한참을 기다리는데 장애인이 문을 열고 나왔다. 화가 난다! 물론 장애인도 비장애인 화장실을 이용할 수는 있다. 그런데 비장애인 화장실이 너무 적으니까, 똑같이 세금을 내는데도 유독 나만 곤란을 겪는다고 생각하니까 분하고 원통한 마음이 든다.

장애인들이 쳐다보는 시선도 기분 나쁘다. 비장애인이 불쌍하다고 혀를 끌끌 차면서도 막상 비장애인이 겪는 어려움에 관심을 가지는 이는 거의 만나보지 못했다.

이 황당무계한 상상(공상?)은 책 곳곳에 실려 있는 '장애인이 더 많은 세상이라면'의 프리퀄에 해당한다. 물론 윤영과 준우가 사는 현실 세계를 바탕으로 썼다. 딱히 대단한 상상력이 필요하지는 않았다. 그저 장애인과 비장애인의 위치만 뒤집어놓은 것에 불과하다.

이왕 공상을 시작했으니 조금 더 이어가보자. 장애인이 주류가 되니 지금껏 그들이 겪어왔던 문제들이 말끔히 사라진다. 지하철 안에서 눈총을 받거나 화장실을 찾아 몇 킬로씩 달리는, 아니 굴러가는 일은 더 이상 일어나지 않는다. 가고 싶은 곳은 어디든 갈 수 있고, 먹고 싶은 것은 뭐든 먹을 수 있다. 사회의 다수인 장애인이 더 많은 편의를 누리는 거니까 공정한 것 같기도 하고, 윤영에게도 해피엔딩이지 않을까?

그러나 이내 강렬한 '현타'가 왔다. 윤영의 삶은 그렇게나 편해졌지만 소수가 된 비장애인들은 그렇지 못하니까 말이다. 당장 가족과 친구들부터가 그렇다. 그들이 일상생활에서 온갖 곤란을 겪는다고 생각하니 마음이 몹시 불편하다.

윤영 또한 그럴 것이다. 비록 본인은 불편한 게 없어졌지만 세상엔 장애인만 존재하는 게 아니니까 말이다. 누군가를 차별하는 불합리한 현실을 국민의 한 사람으로서 두고 보면 안 된다고 생각할 게 틀림없다. 어쩌면 비장애인들의 지하철 시위에 휠체어를 타고 동참하게 될지도 모르겠다.

다시 현실로 돌아온다. 지금은 그렇지 못하지만 언젠가는 장애인에 대한 차별이 모두 사라지는 날이 올지도 모른다. 그러나 구분 짓길 좋아하는 특권층이 남아 있는 세상이라면, 분명 또 다른 차별이 생겨나고 말 것이다. 그러면 그 차별의 피해자들이 어딘가에 모여 시위를 하며 '시민'들의 공감과 지지를 호소할 것이다. 내가 당하는 차별이 아니더라도 예민한 눈으로 세상을 살피는 태도를 잃지 말아야 하는 까닭이다.

다른 사람들이 곤란을 겪고 있는지 여부는 어떻게 알아볼 수 있을까? 2부의 맨 앞에서 말했던 '인권감수성'을 높여야 한다. "남의 처지와 아픔을 나의 것으로 생각하고 공감할 수 있는 것. 그래서 생각과 태도, 말과 행동을 조절할 수 있는 능력"이 인권감수성이다.[68]

조금 이상하게 들릴지도 모르지만, 윤영은 자신을 함부로 대하는 사람들을 보며 인권감수성을 키웠다. 본인에게 큰 아픔이 되었던 순간들을 떠올려보니, 그것과 꼭 닮은 차별이 여기저기서 일어나고 있었기 때문이다.

예를 들어 다른 나라에서 이주해온 사람은 한국인들 사이에서 이름 대신 국가나 지역으로 불렸다. "그 필리핀 사람

말이야" 혹은 "동남아에서 온 걔 있잖아" 등등. 그런 대화가 지나가고 난 자리엔 어김없이 개인의 캐릭터가 아닌 출신 국가의 이미지(잘사는 나라인지 못사는 나라인지 따위)가 떠돌곤 했다.

윤영도 부모님이 지어주신 이름 대신 '장애인'으로 종종 불려봤기 때문에 그게 얼마나 헛헛한 느낌인지 잘 안다. 그렇게 불릴 때마다 '나'라는 존재가 사라지는 걸 느꼈다. 세상 누구도 어엿한 이름을 놔두고 신체적 특징, 피부색, 지역명 등으로 불리는 걸 원치 않는다.

혹시 나의 말이 누군가를 불편하게 만들지 않을까 걱정된다면 상대방의 입장이 되어보기를 권한다. 우리 사회에는 장애인처럼 억압받는 정체성을 가진 사람들이 많다. 노인, 여성, 성 소수자는 물론이고 어린이나 청소년도 종종 어른들로부터 원치 않는 얘기를 들어야 한다. 내가 그들의 입장이 되었을 때 사람들로부터 어떤 이야기를 듣게 될지, 그때 어떤 느낌이 들지 한번 상상해보는 것이다.

예를 들어 청소년은 걸핏하면 어른들로부터 "딴생각 말고 공부나 해"라는 소릴 듣는다. 이성애자는 동성애자에게 "난 동성애를 반대해"라고 말한다. 남성은 여성에게 "커피는 여자가 타야지"라거나 심지어 "술은 여자가 따라야지"라고 한다. 그런 식으로 나를 초라하게 만들고 나의 존재를 부정하게 만드는 말을 들을 때 내 기분이 어떻게 변할지 생각해보면, 나중에 당사자들을 만났을 때도 자연히 말을 가려서 하게 된다.

평소 무심코 던지거나 들었던 말들에 귀를 기울이다 보면 어떤 말이 좋은 말이고 어떤 말이 나쁜 말인지 쉽게 구분할 수 있다. 바로 그 순간부터, 내 주위에서 차별을 당하거나 곤란을 겪고 있는 사람들이 눈에 보이기 시작할 것이다.

장애인이 더 많은 세상이라면

차별 없는 세상을 향한 첫걸음

아침 8시. 한 비장애인이 8차선 횡단보도 한가운데 멈춰 섰다. 지나가던 장애인들이 이상하다는 듯 그를 힐끔거리며 쳐다본다. 그의 목에는 '비장애인의 권리를 보장하라!'고 적힌 피켓이 걸려 있다.

"여러분! 저는 비장애인입니다. 이 사회에서 제가 설 자리를 찾기가 너무나 어려워 이렇게 길 위에 섰습니다."

신호가 바뀌고 자동차들이 빵빵 경적을 울린다. 하지만 그는 꿈쩍도 하지 않았다. 무슨 소리를 하려고 저러는 걸까? 길 양쪽으로 서서히 인파가 모여들기 시작했다.

"우리 사회에서는 누구에게나 기회가 열려 있다고 다들 이야기합니다. 하지만 저에게는 그 기회가 바늘구멍만큼이나 작게 느껴집니다. 취업도 하고 꿈도 펼치고 싶지만 아무도 저를 원하지 않으니까요. 지하철도 편하게 못 타고, 출구를 찾으려면 30분씩 빙빙 돌아야 합니다. 며칠 전엔 극장과 카페에서도 손님 취급을 못 받았습니다. 과연 이런 세상이 정말로 공정하다고 말할 수 있습니까?"

자동차들이 위태롭게 그의 곁을 스쳐갔다. 결국 경찰들이 긴급 출동했고, 그는 계속 뭔가를 외치며 도로 밖으로 끌려 나갔다.

거리는 다시 아무 일 없었다는 듯 원래의 모습을 회복했지만, SNS를 통해 그의 영상이 삽시간에 퍼져나갔다. 암담한 삶을 살아가던 비장애인들은 이곳저곳에 영상을 공유했고, 세상이 어딘가 불합리하다고 느껴온 장애인들도 지지의 댓글을 남기고 '좋아요'를 눌러 공감을 표했다.

다음 날 아침. 어제 그 횡단보도가 평소와 달리 사람들로 북적였다. 처음에는 한두 명이었는데 순식간에 경찰도 어쩌지 못할 정도로 대규모 군중을 이뤘다. 대부분이 비장애인들이었지만 놀랍게도 장애인들이 곳곳에 섞여 있다. 모여든 사람들은 모두 똑같은 피켓을 들고 있었다.

"비장애인의 권리를 보장하라!"

"차별 없는 세상을 앞당기자!"

장애인 중심 사회를 뒤흔드는 최초의 공동행동이었다.

현실은 어떨까?

장애인 이동권 관련 시위에는 장애인들만 참여할 것 같지만 그렇지 않다. 2022년 4월 국회 앞에서 열린 시민단체들의 기자회견(이 책 200쪽 참고)에 이어 2023년 1월 19일에도 혜화역에서 비슷한 기자회견이 열렸다. 인권단체, 종교단체, 문화예술단체, 노동조합 등 177개 시민사회단체가 공동주최한 이날 회견에서는 "모두의 존엄을 지키는 전장연의 지하철 행동을 지지한다!"라는 제목의 성명서가 발표되었다. 차별 없는 세상을 향한 아름다운 연대가 결실을 맺을 날이 멀지 않았다.

우리가
바라는 세상

"이미 마련돼 있는 편의시설이라도 제대로 쓸 수 있었으면 좋겠어요. 예를 들어 장애인 화장실이 있어도 못 가는 데가 많아요. 휠체어가 들어갈 수 없을 정도로 좁은 곳도 많고, 청소도구가 가득 쌓여 있기도 해요. 건물을 짓고 허가받으려면 장애인 화장실이 필요하니까 형식적으로 만들어놓기만 한 거죠. 사용하는 사람이 적다고, 그래도 된다고 생각하는 거 같아요. 하지만 그게 아니잖아요. 임산부석이 언제나 비워져 있어야 하는 것과 같지 않을까요?" (카라멜)

"들어갈 수 있는 건물, 들어갈 수 있는 화장실. 최소 이 정도만 되어 있어도 정말 안심이 돼요. 내가 갈 수 있는지 없는지 미리 알 수만 있어도 좋겠어요." (아모)

"저는 책을 좀 마음대로 읽을 수 있었으면 좋겠어요. 모두 그렇겠지만 책을 통해 많은 것을 배우고 익히잖아요. 저는 책을 보기가 어려워요. 책을 일일이 스캔해서 컴퓨터 모니터로 보고 있어요. 물론 전자책이라는 게 생겼지만, 원하는 책이 없을 때가 더 많아요. 게다가 도서관에서 제공하는 전자책 서비스는 도서관에서만 볼 수 있더라고요. 그래서 책을 포기하는 일들이 많죠. 하다못해 저작권이 만료된 책들이라도 편하게 볼 수 있었으면 좋겠어요.

마지막으로 하고 싶은 말은 사람을 좀 많이 만나고 싶다는 거예요. 동등하게 살아가려면 서로 부딪치고 많이 만나야 하는데 그게 너무 어려워요." (임성엽)

"얼마 전에 4호선 명동역에 엘리베이터가 생겼어요. 하지만 안내방송이 어떻게 나오는지 아세요? 휠체어 이용 고객 등 승강기 이용이 필요한 고객께서는 인접 역인 충무로역, 회현역으로 우회하여 이용 부탁드립니다…라고 나와요. 엘리베이터가 생긴 지 3개월이 다 되어가는 지금까지도요.

역 사무실에 전화도 해봤어요. 명동역에 오는 휠체어 사용자가 있다면 분명 헛걸음을 할 테니까요. 하지만 안내방송 변경이 쉬운 게 아니라는 답변을 들었어요. 이럴 때 저는 화가 나요. 본인들이 직접 겪는 일이 아니니까 중요하게 여기지 않는다는 느낌이 들어

서요." (연두)

"초등학교 때 친구들에게 롤링 페이퍼를 받았는데 초반에는 '너는 장애를 가졌는데 되게 씩씩하다' 같은 메시지를 많이 받았어요. 그러다 후반으로 갈수록 '야, 너는 말을 잘해'처럼 장점을 얘기 해주면서 장애에 대한 언급이 점점 사라져가는 게 보이더라고요. 친구들이 장애인으로만 인식하지 않고 나의 내면을 보기 시작한 거죠. 이런 시각이 학교든 사회든 퍼져야 한다고 생각해요. 장애가 제1의 정체성이 되지 않을 때 장애인들이 더 동등하게 살아갈 수 있지 않을까요?" (유지민)

"사람을 마주할 때 함부로 대하지 않았으면 좋겠어요. 그래야 발달장애를 가지고 있더라도 지역 속에서 평범하게 살아갈 수 있을 거예요. 동네 사람들이 발달장애 이웃의 존재를 알고 있고 평소 어떤 삶을 살아가고 있는지도 안다면, 엄마의 부재가 생겨도 사람들의 지원이 끊기지 않겠죠? 장애인이건 비장애인이건 누구나 안전하게 잘 살아갈 수 있으면 좋겠어요." (우진아)

나는 어떤 세상에서 안전함을 느끼고 편안하게 살아갈 수 있을까? 인터뷰이들에게 마지막으로 던진 질문이었어요.

그러자 망설임 없는 답변들이 돌아왔죠. 방금 읽으셨던 바로 그 내용들이요. 이미 있는 시설물이라도 제대로 사용할 수 있었으면 좋겠어요, 출입할 수 있는지 없는지라도 미리 알고 싶어요, 책 좀 편하게 읽고 싶어요….

저절로 끄덕여지는 고개를 멈출 수가 없었어요. 윤영과 준우 역시 어디 갈 때마다 과연 갈 수 있을지 없을지 걱정 좀 안 하는 게 소원이거든요.

그런데 집에 돌아와 가만히 곱씹어보니 한 가지 공통점이 있다는 걸 발견했어요. 인터뷰이들도 윤영도 준우도, 결국은 모두가 '환영'받길 원한다는 사실이었죠. 처음엔 단순히 편의시설 문제처럼 보였지만 그게 다가 아니었어요. 이미 있는 장애인 화장실을 잘 관리하는 일도, 장애인을 함부로 대하지 않는 일도 '환영'하는 마음이 없다면 할 수 없는 일이니까요. 장애인을 없는 사람 취급하거나 터부시하지 않고 있는 그대로 반기는 것이 여기서 말하는 '환영'이에요.

발달장애를 가지고 있는 두 자녀와 우진아 님은 버스를 탈 때마다 "저런 애들은 좀 내렸으면 좋겠어"라는 소리를 듣곤 했어요. 한번은 버스 기사가 도로 한복판에서 내리라고 하는 바람에 몇 시간을 걸어서 집으로 가야 했죠. 그날도 우진아 님 가족에게는 평범한 날들 중 하루였어요. 함께 살아가기 위해 버스의 낯선 감각에 적응하던 중이었으니까요.

참을성이 없는 쪽은 오히려 버스에 타고 있는 사람들이었어요. 발달장애인을 환영하지 않는 버스를 탄 것이죠.

윤영도 최근 김밥집에서 환영받지 못한 적이 있어요. 휠체어를 탄 윤영을 보자마자 주인의 표정이 좋지 않았거든요. 자꾸만 "좁은데 어떻게 들어오려고…"라고 중얼거리더니 애꿎은 의자만 들었다 놨다 해요. 첫 끼를 그런 곳에서 먹으면 체할 것 같았어요. "네, 다른 데 갈게요"라며 휠체어를 뒤로 빼자 주인은 그제야 마음이 놓인 듯 "그러세요" 하더군요.

그는 단 한 번도 "들어오지 마세요"라고 막지 않았어요. 그러나 환영하는 태도도 아니었죠. 그 식당 앞에는 구청에서 지원받았다고 적힌 경사로도 설치되어 있었어요. 이 경사로가 "누구나 환영해요"라는 의미인 줄 알았지만, 그건 윤영의 착각이었던 거예요.

아무렇지 않게 가게를 나섰지만 사실은 기분이 상했어요. 누가 봐도 그 주인의 태도가 나쁜데, 이런 일을 겪고 나면 주눅이 들고 눈치가 보여요. 다른 식당으로 향하면서도 또 이런 일을 당할까봐 내내 두렵죠. 아무리 떨쳐보려 해도 이미 그런 사람이 된 것만 같아요. 누구도 반가워하지 않는,

민폐 같은 존재요.

물론 환영받았던 기억도 있어요. 큰맘 먹고 커플링을 맞추러 준우와 함께 공방에 갔던 날이었죠. 공방은 휠체어 한 대가 들어가면 가득 찰 만큼 아담한 곳이었어요. 그래서 걱정이 됐죠. 전동휠체어를 부담스러워하면 어떡하나 노심초사였어요. 그래도 턱이 낮아서 일단 들어가보기로 결심한 거죠.

그런데 웬걸! 걱정과 달리 그곳에선 따뜻한 환대를 받았어요. 반지를 고르는 내내 마음이 편했죠. 얼마 후 반지를 찾으러 갔을 땐 너무 놀라 휠체어를 멈췄어요. 엊그제까지 턱이 있던 곳에 휠체어용 경사로가 놓여 있었거든요. 그 경사로는 분식집의 그것과는 분명 달랐어요. 진짜 두 팔 벌려서 환영하는 표시였죠. 함박웃음으로 반기는 주인을 보자 어찌나 뭉클한지 눈물이 날 것만 같았어요.

그날의 윤영은 하루 종일 위풍당당이었죠. 좁은 식당이나 붐비는 지하철 안에서도 전혀 주눅 들지 않았어요. 내가 가지 못할 곳은 없어! 그런 자신감이 들더라고요. 장애인이기 이전에 사람으로 환영받는 일은 이렇게나 중요한 것이었어요. 불안함을 떨치게 만드니까요. 본인의 장애를 민폐처럼 여기거나 미안해할 일도 없죠.

그래서 환영에 참여하는 사람이 지금보다 더 늘어나면 좋겠어요. 환영하는 일이야말로 장애를 차별하거나 함부로 대하는 걸 멈출 수 있게 하니까요.

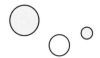

우리가
이 책을 쓴 이유

윤영

이 책을 써야겠다고 마음먹게 된 계기는 단순했어요. 처음으로 출판사로부터 청탁받은 원고인데 감히 거절할 이유가 없었죠(아! 이렇게 힘들 거란 걸 그때도 알았더라면…). 이왕 쓰는 김에 욕심도 생겼어요. 장애에 대한 '올바른' 관점을 심어주자! 너무나 오만한 포부였지만, 장애인과 비장애인을 둘러싼 세계가 어떻게 작동되고 있으며 그것이 한 사람 한 사람에게 어떤 영향을 끼치는지 함께 발견하고 싶었어요.

하지만 깨달았죠. 아, 내가 그 정도의 글 실력은 아니구나! 책을 절반이나 써놓고서야 그걸 알게 된 거예요. 그래도 덕분에 욕심은 내려놓을 수 있었어요. 그때부터는 무엇을 억지로 알려주기 위한 노력보다 최대한 현실의 풍경들을 꺼내기 시작했죠. 나와 준우가 실제 겪고 느꼈던 '진짜 이야기'의 힘을 믿어보기로 한 거예요.

사실 장애는 신선한 주제가 아니에요. 워낙 오래전부터 해오던 이야기니까요. 그만큼 여러 사람들이 내놓은 다양한 견해가 쌓여 있죠. 옳거나 옳지 않은 주장들까지 다 포함해서요. 그래서 더 어려운 주제이기도 해요.

과거에는 장애인을 친구처럼만 여기면 차별도 사라질 거라고 했어요. 서로 뭐가 힘들고 뭐를 원하는지 제일 잘 아는 게 친구잖아요. 하지만 지금은 "장애인이 얼마나 힘든지 나도 다 알아"라는 식으로 넘겨짚는 경우가 많죠. 어디서 들었는지 몰라도 다들 한마디씩 거드는 식이에요. 윤영이 들은 가장 악질적인 말 중에는 "어차피 저런 애들은 얼마 못 살아"도 있었어요(가히 충격적이었지만 다행히 잘 회복했답니다!). 단지 장애라는 주제가 예전보다 익숙해졌을 뿐인데, 마치 장애인에 대해 다 아는 것처럼 멋대로 평가하기에 이르렀죠.

하지만 잊지 말아주세요. 장애인과 비장애인이 제대로 어울려 살아본 적은 아직 없어요!

그래서 장애 이야기를 낯설고 새롭게 받아들이는 게 중

요한 것 같아요. 뻔하지 않아야 넘겨짚지 않고 천천히 생각해보게 되니까요. 윤영이 살아온 경험을 이것저것 꺼내놓은 것도 그런 노력의 일부였죠.

하지만 쉬운 결정은 아니었어요. 여기에 쓰인 이야기들 중 상당수는 가족에게도, 심지어 준우에게도 알리고 싶지 않았으니까요. 그런 면에서 자신들의 이야기를 기꺼이 들려준 여덟 명의 인터뷰이들에게도 깊은 감사를 전하고 싶어요. 들려주신 '진짜 이야기'들 덕분에 우리의 생각과 이해가 더욱 풍성해졌어요.

하지만 언젠가는 나의 이야기를 굳이 꺼내서 증명하지 않아도 되는 날이 오길 바라고 있어요. 특별한 노력 없이도 나의 존재가 인정받을 수 있는 날, 그런 날이 오겠죠?

마지막으로, 요즘 계속 머릿속을 맴돌고 있는 문장 하나를 소개하고 싶어요. 어쩌면 이 한 권의 책을 통째로 압축해놓은 내용이기도 해요. 이런 아름다운 글을 쓰신 분에게 존경을, 그리고 그분의 책을 소개해준 또 다른 분에게 감사를!

"한 사람이 자기 집 문을 두드리는 모든 사람을 들어오게 하여 먹여주고 재워주는 것은 가능하지 않다. 하지만 한 사회가 그 사회에 '도착한' 모든 낯선 존재들을 ―새로 태어난 아기들과 국경을 넘어온 이주자들을 - 조건 없이 환대하는 것은 얼마든지 가능하다. 우리는 모두 낯선 존재로 이 세상에 도착하여, 환대를 통해 사회 안에 들어오지 않았던가?"

(『사람, 장소, 환대』, 김현경, 문학과지성사, 192p)

준우

저는 비장애인이에요. 구태여 비장애인이라 소개한 적은 없지만 다들 눈치 채셨죠? 책의 앞부분에서 여러 차례 드러났으니까요. 이를테면 계단이 있는 집을 어려움 없이 오르내리거나, 집에서 가까운 학교에 다녔다거나, 하교 후에는 당연한 것처럼 학원이나 오락실엘 갔다는 얘기를 통해서요. 이런 평범한 얘기들이 제가 비장애인이라는 걸 분명하게 보여주고 있지요.

하지만 현실에서는 장애가 있는 사람만 눈에 띄어요. 윤영은 매순간 누군가에게 자신의 장애를 설명해야 하는데 저는 단 한 번도 제가 비장애인임을 설명한 적이 없거든요. 제가 스스로 비장애인임을 깨닫는 데 엄청난 시간이 필요했던 이유도 거기에 있는 것 같아요.

중학교 무렵 애들이랑 길을 걷는데 노란색 스쿨버스가

지나갔어요. 거기에는 'OOO학교'라고 적혀 있었죠. 무슨 초등학교나 중학교도 아니고 그냥 '학교'로 끝나는 게 특이하다고 생각했는데, 알고 보니 특수학교였어요.

그걸 알게 된 뒤로 우리는 친구끼리 장난을 치다가도 "너도 그 학교나 가버려"라며 깔깔거렸죠. 그런 말을 할 때 아무런 머뭇거림도 없었어요. 우리는 그 학교에 다닐 일이 없으니까요. 나는 당연히 저들과 다르다고 생각했죠. 그게 우월감인지도 몰랐어요. 아무도 알려주지 않았으니까요. 우등생도 아니고 우리 집이 부자도 아니지만, 그래도 장애인보다는 내가 낫다는 생각을 나도 모르게 하고 있었던 거예요.

저만 그런 것 같지도 않았어요. 다들 비슷하게 생각하는 것 같았죠. 두 다리로 걷는 것만 '정상'이라고 여기는 것처럼요. 그러다 보니 제가 누리는 것이 특권이라고는 정말로 상상조차 못 했습니다. 좀 더 나이가 든 뒤에도 마찬가지였어요. 휠체어 사용자가 버스를 못 타는 건 안타깝지만 어쩔 수 없다고 생각했어요. 장애가 있으니까 불리한 건 뭐, 당연하겠지 싶었어요.

그래서 '특권'이라는 말을 처음 들었을 때 굉장히 불편했습니다. 그런 건 엄청 돈이 많거나 영향력이 있는, 그야말로 특별한 사람들한테나 쓰는 표현이라고 생각했거든요. 그런데 단지 비장애인이라는 이유만으로 제가 특권을 누리고 있다는 겁니다. 당혹스러웠죠. 제가 한 일이라고는 그저 평범하게 버스를 타고, 계단이 있는 집에 사는 게 전부였어요. 남들도 다 나처럼 사는데…. 왠지 저만 콕 집어서 비난하는 듯한 느낌마저 들더라고요.

당연히 억울했어요. 내가 특권을 가진 게 아니라 장애인이 불편한 거라고 항변하고 싶었습니다.

그러다 윤영을 만나버렸어요. 더 이상 항변 따위는 할 수가 없게 되었습니다. 데이트하러 가는 모든 길이 계단이고 턱이었으니까요. 거부당하는 것, 그리고 양해를 구하는 것은 윤영에게는 일상이었습니다. 비로소 의문이 생겼어요. 왜 장애인은 힘들어야 하지? 남들 다 들어가는 카페에 들어가면서 왜 감사해야 하지? 아무리 봐도 윤영의 잘못은 아니었거든요.

그때부터였죠. 그동안 제가 비장애인이라서 겪지 않아도 됐던 것들이 보이기 시작했습니다. 아득해졌어요. 결국 저는 이 사회에서 특권을 누려왔다는 점을 인정할 수밖에 없었습니다.

하지만 전처럼 억울하지는 않아요. 책을 읽고 공부하고

토론하면서 '특권'이란 게 누군가를 비난하는 말이 아니란 걸 알게 됐거든요. 누군가에게 손해를 입히는 말도 아니고요. 그건 단지, 내가 의도하거나 만들지는 않았지만 내가 남들보다 더 많이 누리고 있는 어떤 것들을 가리키는 이름이었어요.

오히려 무엇이 특권인지 알게 된 후로는 원인이나 해결책을 찾아내는 게 쉬워졌어요. 사람들이 장애 문제를 외면하게 만들고 비장애인이 오히려 손해 보는 기분이 들게끔 만드는 건 무엇인지 말이죠. 문제를 풀어나가는 방법에 대해서도요. 이 책은 그 결과물인 셈이에요.

원고를 쓰는 동안 때로는 즐겁고 때로는 괴로웠습니다. 윤영과의 추억을 돌이킬 때는 신이 났지만, 부끄러웠던 과거를 떠올릴 때면 도망치고 싶은 기분이 들기도 했어요. 그런데도 제가 이 작업에 참여한 데에는 나름의 이유가 있습니다. 지금까지 나눈 이야기들이 결코 장애인만의 것이 아님을 보여주고 싶었고, 장애를 갖고 있지 않더라도 장애 문제에 대해 얼마든지 의미 있는 생각과 행동을 할 수 있다는 걸 비장애인으로서 증명해내고 싶었기 때문입니다.

윤영이 등장한 이후 제 삶에는 일종의 전환 스위치가 켜진 것 같습니다. 비장애인만 존재하던 좁은 세계가 단숨에 확장된 것 같았죠. 제가 좋아하는 게임에 빗대자면, 칠흑 같던 맵이 환하게 밝아졌다고나 할까요. 윤영이 없었다면 함께 살아가기 위한 고민 같은 건 하지 못했을 겁니다.

저희의 책이 여러분의 관심을 개인의 삶에서 모두의 삶으로 확장시키는 전환 스위치가 되었으면 합니다.

주석

1 「중증장애 학생 입학 불가! 장애인 부모들, 특수학급 설치 거부한 사립학교 인권위 진정」(더 인디고, 2022. 01. 04)

2 「[차별 없는 그날까지] 장애아동 통합교육, 해외 사례에서 답을 찾자」(에듀인뉴스, 2021. 02. 26)

3 『유엔 장애인권리협약 해설 : 복지에서 인권으로』(김형식 외, 어가, 194p)

4 전 세계 발달장애인 권리옹호 운동. 1974년 미국 오리건 주에서 개최된 발달장애 컨퍼런스에서 데니스 히스(Denis Heath)라는 사회복지사가 "I want to be treated like a person first(나는 무엇보다도 하나의 인간으로 여겨지기를 원한다)"라는 어느 발달장애인의 발언을 소개했고, 이를 계기로 '피플 퍼스트 운동(People First Movement)'이 시작되었다.

5 「매뉴얼만 있을 뿐… 발달장애인 수갑 채우고 진압한 경찰」(한겨레, 2022. 02. 25)

6 「일반 아동의 장애체험 활동이 장애인식 및 동반 활동에 미치는 영향」(김성길, 대구대학교 특수교육대학원, 2002)

7 「아이들은 나의 스승 : "장애인이라면 특수차량 타고 특수한 직업 갖겠죠"」 (오마이뉴스, 2022. 04. 09)

8 「부모와 다른 아이들, 장애를 극복하지는 않았습니다만」 (EBS 다큐프라임, 2019)

9 「잠깐! 이게 다 인권문제라고요?」 (김도현 외, 휴머니스트, 145~146p)

10 여기서는 '장애인'을 비하 또는 혐오의 의미로 사용했기 때문이다.

11 〈2019 혐오 표현에 대한 국민인식조사 결과〉 (국가인권위원회)

12 〈2019 혐오 표현에 대한 국민인식조사 결과〉 (국가인권위원회)

13 "학교 안에 있던 150여 명의 학생은 흐느껴 울며 공황 상태에 빠지기도 했다. 선생님과 학부모가 달려가 그들을 막았지만, 속수무책으로 당할 수밖에 없었다." (모로오카 야스코, 『증오하는 입 : 혐오발언이란 무엇인가』, 오월의 봄, 2015, 23p)

14 「망할 보균자! 팬데믹에 폭발한 미 아시아인 증오범죄」 (한겨레, 2022.10.18)

15 "I'm not your inspiration, thank you very much." (Stella Young, TED, 2014)

16 〈인권 공부 첫걸음 : 존엄성 2편〉 (국가인권위원회, 유튜브)

17 「[온다 Q&A #2] 노키즈존은 아동혐오일까?」 (한국다양성연구소, 유튜브)

18 「장애차별 금지법의 힘… 진정 6.7배 늘었다」 (한겨레, 2010. 04. 08)

19 〈장애인차별금지법 시행 2주년 기념 토론회 발간 자료〉 (국가인권위원회, 2010)

20 〈2021년 국가인권위원회 통계〉 (국가인권위원회, 2022)

21 〈2017년 장애인 실태조사 결과〉 (보건복지부, 2018. 04)

22 가정이나 시설에서 나와 자립을 희망하는 장애인들이 머무는 공간이다. 혼자 또는 그룹으로 일정 기간 살아보면서 혼자 살기 위한 기본적인 것들을 배운다. '체험홈' 또는 '자립홈'이라고 부른다.

23 1997년 대한민국은 외환 보유고가 부족하여 국제통화기금(IMF)으로부터 재정지원을 받았다. IMF는 돈을 빌려주는 대신 국내경제에 깊숙이 개입하며 고강도 구조조정을 요청했다. 그 과정에서 수많은 회사가 도산하고 수없이 많은 실업자들이 생겨났다. 이를 'IMF 사태' 또는 '외환위기'라고 한다.

24 '유엔 장애인권리협약(UN CRPD)'은 2006년 12월 13일 유엔 총회에서 192개국 만장일치로 채택되어 2008년 5월 3일부터 시행됐다. 협약을 비준한 국가는 장애인을 차별하지 않도록 입법적, 행정적 조치를 취할 의무를 갖게 된다. 대한민국은 2008년 12월 국회의 비준 동의를 거쳐 2009년 1월에 이 협약을 국내에 발효시켰다. 따라서 이행 현황 등의 내용을 담은 국가보고서를 4년마다 의무적으로 제출해야 한다.

25 「[전문] 한국의 유엔 장애인권리협약 이행 2·3차 보고에 대한 유엔 최종견해」 (비마이너, 2022.10.18)에서 인용

26 「국내 4년제 대학 장애학생 특별전형 '높은 벽'」 (에이블뉴스, 2022. 10. 21)

27 수직형 리프트는 유압을 이용해서 오르내리는 장치다. 엘리베이터와 비슷해 보이지만 속도가 매우 느리고 힘이 약해서 적은 인원만 탈 수 있다.

28 「그럼에도 불구하고 지하철을 탑니다」 (한겨레21, 2022. 04. 18)

29 버튼을 누르면 안전바와 바닥면이 펼쳐지며 그 위에 휠체어를 태운 상태로 지하철 계단을 오르내린다. 본문에서 설명한 바와 같이 안전사고에 몹시 취약하다.

30 국제장애인올림픽위원회(IPC)가 주최하는 대회. 올림픽이 폐막하면 한 달 이내에 동일한 도시에서 개최된다.

31 「지하철역 장애인 편의시설 연차적으로 대폭 확충」(매일경제, 1999. 08. 14)

32 「지하철 선로 점거한 장애인 시위」(KBS뉴스, 2001. 02. 26. 박경석 현 전장연 대표 인터뷰)

33 "교통 약자(장애인, 고령자, 임산부, 영유아를 동반한 사람, 어린이 등)는 교통 약자가 아닌 사람들이 이용하는 모든 교통수단, 여객시설 및 도로를 차별 없이 안전하고 편리하게 이용하여 이동할 수 있는 권리를 가진다." (교통약자의 이동편의 증진법 제3조)

34 「죽고 난 뒤에야 버튼의 위치가 바뀌었다」(한겨레, 2018. 08. 28)

35 「신길역 사고, 11개월 만에 사과… "리프트는 살인 기계" 장애인단체 목소리 높였던 이유는」(SBS 뉴스, 2018. 09. 12)

36 「휠체어로 또 막아선 지하철. 그들은 왜 월요일 아침에 나섰을까」(MBC 뉴스데스크, 2021. 12. 20)

37 〈2021년 교통약자 이동편의 실태조사〉(국토부)

38 「[밀착카메라] 장애인콜택시 잡기도 힘든데 "중간에 갈아타세요"」(JTBC 뉴스룸, 2021. 11. 26)

39 2023년 7월 〈교통약자의 이동편의 증진법 시행령〉이 개정되면서 서울−경기도처럼 바로 인접한 광역 지자체는 한 번에 이동할 수 있게 되었다. 그러나 비인접 광역권으로 가려면 여전히 택시를 환승해야 한다.

40 「휠체어 출근 의원들, "출근길 시위 마음 알겠다"」(오마이뉴스, 2022. 04. 06)

41 「'지하철 시위' 장애인단체 "사이버 공격으로 서버 다운"」(연합뉴스, 2022. 02. 15)

42 「장애인 시위 재개에 출근길 혼잡… 욕설·응원 엇갈려」 (JTBC 뉴스룸, 2022. 04. 21)

43 「국민 절반 이상 "장애인 지하철 시위 불편 감수, 이동권 갈등 정부·정치권 책임"」 (서울신문, 2022. 07. 11)

44 「유아차 끄는 양육자, 노인, 교통공사 노조 "장애인 이동권 투쟁에 빚졌다"」 (한겨레, 2022. 04. 04)

45 2022년 3월 28일 국민의힘 최고위원회, 이준석 대표 발언

46 「20대 여성, 어젠다 형성 뒤처지고 구호만」 (오마이뉴스, 2022. 01. 20)

47 〈2022년 장애인 빈곤 및 소득불평등 지표〉 (한국장애인개발원)

48 이준석 페이스북 게시글 (2022. 3. 25)

49 이준석 페이스북 게시글 (2022. 3. 27)

50 「이준석, 전장연 지하철 시위 재개에 "또 서울시민 출근 볼모 삼아"」 (중앙일보, 2022. 04. 21) 기사의 댓글

51 익명의 데이터 분석가, @FightHateByData, 트위터

52 「이해찬 "정치권에 정신장애인 많아"… 장애인 비하 논란」 (매일경제, 2018. 12. 30)

53 「장애인 비하 발언도 국회의원 면책특권인가」 (슬로우뉴스, 2022. 04. 29)

54 〈OECD 주요국의 공공사회복지 지출 현황〉 (국회예산정책처, 2021)

55 「나는, 휴먼」 (주디스 휴먼 & 크리스틴 조이너, 사계절, 2022, 209p)

56 김재섭 국민의힘 도봉 갑 당협의원장 페이스북 (2022. 09. 13)

57 「이준석 대표님, 너무 겁내지 마십시오」 (시사IN, 2022. 04. 11)

58 〈교통약자 측면 도시철도 환승역 환승보행 서비스 수준 평가방법 연구〉 (서울시립대 도시과학대학원 교통관리학과, 정예원, 2022)

59 「지하철역서 휠체어 직접 타보니… 갈 길 먼 장애인 이동권」 (연합뉴스TV, 2022. 04. 10)

60 「전장연 "5분 이내에 타겠다"… 오세훈 "1분만 늦어도 큰일"」 (SBS 뉴스, 2023. 01. 02)

61 영화 〈크립 캠프 : 장애는 없다〉 (니콜 뉴넘 감독, 2020)

62 「[박권일의 다이내믹 도넛] 이준석 대 공화국」 (한겨레, 2022. 03. 31)

63 「'이준석발 혐오'에 말리지 않는 법」 (weekly newsletter no.56, 2022. 04. 07, 홍성수 숙명여대 법학부 교수 인터뷰 내용 참고)

64 「장애인 시위가 30년 뒤 남길 것」 (한국일보 오피니언, 2023. 01. 03)

65 「선량한 차별주의자」 (김지혜, 창비, 2019, 22p)

66 「전장연 지하철 시위, 다른 장애인 단체가 막아섰다」 (조선일보, 2022. 12. 15)

67 「장애인에게 '언더도그마'가 어디 있는가?」 (한겨레21, 2022. 04. 13)

68 「인권도 차별이 되나요?」 (구정우, 북스톤, 2019, 35~38p)